勘違いの工房主
Kanchigai no ATELIER MEISTER

アトリエマイスター

英雄パーティの元雑用係が、実は戦闘以外がSSSランクだったというよくある話

7

時野洋輔
Tokino Yousuke

ILLUSTRATION
ゾウノセ

ユーリシア
クルトの工房に所属する元王家直属冒険者。冒険者として高い実力を持つ。
リーゼロッテ・ホムーロス
ホムーロス王国の第三王女。死に至る呪いを治してくれたクルトを慕い、行動を共にするようになる。
クルト・ロックハンス
本人は無自覚だが、戦闘以外の適性ランクが全てSSSという超天才。故郷のハスト村があった土地に作られた剣聖の里を、仲間たちと共に訪れる。

登場人物紹介
エレナ
クルトたちハスト村の人々に
造られたゴーレム。
ゴルノヴァと行動を共にし
ていたが――
ゴルノヴァ
クルトのかつての仲間。
故郷である剣聖の里へ、
クルトを追って戻ってくる。
ヒルデガルド
クルトの幼馴染。
こう見えて1200年生きており、
「老帝」の二つ名を持つ魔王。
ウラノ
1200年前のハスト村で
ユーリシアやリーゼロッテに
手を貸してくれる少年。

プロローグ

‥それは見る者が見れば、異様な光景でしょう。

私の視線の先では、ゴブリンを始め、多種多様な魔物たちが列をなしてひたすらに進んでいます。

本来、ゴブリンやオークのような低級な魔物は、自分より下の種族の魔物を武力で制圧して手駒《てごま》として使うことはあっても、対等な立場で協力して行動をともにすることはないのですから。

ましてや、そこにスケルトンやゾンビのような不死生物《アンデッド》が混ざることなどありえません。

しかし、それを為すことができるのが、私――《演出家《ディレクター》》なのです。

私の仲間だった《脚本家《スクリプター》》には、人間や魔族を甘い言葉で思うように動かす力がありました。しかし私には、そんな回りくどいことをせずとも、下級の魔物ならば何十万、何百万と操る力があります。

私たちの主たる魔神王様にとって、どちらが有用かは言うまでもありません。それが証拠に、私は魔神王様から、この戦いにあたり、ある魔道具を賜《たまわ》りました。

もっとも、私の演出プランではこの魔道具の出番はありませんが……しかしながら、それだけ私が魔神王様に愛されているということでしょう。

私が首無しの馬が引く馬車に乗って移動していると、配下の魔族、吸血鬼《ヴァンパイア》の一人が接近してきました。

「《演出家《ディレクター》》様。報告がございます」

「なんですか？」

「草からの報告によりますと、ラプセラドに老帝《ろうてい》配下の魔族七千が集結。守備を任されているのは、側近のソルフレアとのことです」

ラプセラドは老帝――ヒルデガルドの領地にとって守備の要。

絶対に落としてはいけない要所。

「なるほど、鬼のソルフレアを投入してきましたか。老帝自ら兵を率いると思っておりましたが」

となると、老帝はさらに奥に？　……いいえ、彼女の性格からしてそれはないでしょう。

とすると、我々の向かう剣聖の里に？

「ふふ、なるほど。そうですか。あくまで剣聖の里を重要視するというわけですか」

これは好都合というものです。

老帝の首、この私の手で取ってみせましょう。

最大の演出を以《もっ》て！

この戦いは魔神王様に全幅の信頼を置かれた私のための軍物語《いくさものがたり》です。

第1話　開戦準備と過去のハスト村

僕――クルト・ロックハンスは、幼馴染《おさななじみ》である魔族のヒルデガルドちゃんと一緒に剣聖の里を歩いていた。

時間移動のために疲れて寝てしまった娘のアクリは、ドライアドのニーチェさんに預けている。

僕は、かつてこの場所で生まれ、そして育った。

記憶の中のハスト村と照らし合わせてみたら、確かに共通する景色も残っているけど、僕が育った家を含め、多くの建物はもうどこにも見当たらない。

僕の記憶の中ではこの場所で過ごしていたのは十数年前の出来事なのだけれども……実際には千二百年前の出来事だったらしいから仕方がないか。

「クルト、どう？　少しは懐かしい？」

「うーん、懐かしいというより不思議な感じかな。本当に千二百年経っているんだって、まざまざと実感させられるから」

「実際に生きてみたらもっと実感できるわよ」

ヒルデガルドちゃんは皮肉を込めて笑ったので、僕は素直に「ごめんなさい」と謝った。

そう、千二百年の時間が流れていることを裏付けるのは、変わってしまった風景だけではなかった。

彼女——僕にとっては十数年前に村で出会い、そしてつい最近再会したばかりのヒルデガルドちゃんは、実はもう千二百歳を超えている。

僕と一緒に村にいた頃、彼女は僕のミスで大怪我を負った。

その時に近くに生えていた草花を使って僕が作った回復薬で、彼女は一命をとりとめたんだけれども、調合を誤っていたせいで、彼女を不老の体にしてしまったんだ。

簡単な回復薬っていうのは、人が自然に傷を治そうとする力を高める薬だ。

しかしその効果が強すぎると、傷を治すどころか、細胞を現在の最適な状態に維持《いじ》しようとし、それ以外の肉体の動きを抑制することになる。

たとえば『老い』という、人なら誰しも受け入れているものでさえも。

まぁ、こんな不老の力が入った薬、普通なら間違えても作ったりしないんだけど、やっぱり僕も子供の頃はそういう基礎的な部分ができていなかったんだね。

「そういえば、ヒルデガルドちゃんが不老だって知ってから、聞きたかったことがあるんだけど」

僕は歩きながら、ヒルデガルドちゃんに尋ねた。

「なにかしら？」

「どうして、ヒルデガルドちゃんはずっと不老のままいたの？」

「……どういう意味？」

ヒルデガルドちゃんが立ち止まり、僕を睨《にら》みつける。

「あ、ごめん。怒らないで。でも、不老を元に戻す薬を作るのには、確かに珍しい花が必要になるけれど、僕でも作れる薬なんだし、千二百年もあったら手に入る機会もあったんじゃないの？」

たぶん、僕が薬の材料を探したら、一カ月くらいで見つかると思う。

僕がそう尋ねると、ヒルデガルドちゃんは顔を伏せて、小さな声で何かを言った。

「(そんなの簡単に見つかるわけないでしょ、バカクルト。それどころか、こっちは幼い頃から、不老の力を求めるバカ共に狙われて大変だったんだから)」

「え？　なに？」

よく聞こえなかったので聞き返すと、ヒルデガルドちゃんは顔を上げてキッと見てくる。

「そんなの、いつかクルトを見つけて文句を言ってやるために決まってるでしょ！」

「うわ、ごめんなさい」

「もういいわよ、怒ってないからこれ以上蒸し返さないで」

「怒ってるよね？」

「怒ってないっ！」

ヒルデガルドちゃんは僕にそう怒鳴《どな》りつけた。

怒られちゃったけど、千二百年経ってもヒルデガルドちゃんはヒルデガルドちゃんで、少し安心した。

変わらないのはヒルデガルドちゃんだけじゃない。

裏庭にあった大きな岩とか遠くに見える山の稜線《りょうせん》とか、見覚えがあるものもあり、やっぱり僕を安心させてくれる。

でも、なぜ僕は、千二百年も未来にいるのか？

そして僕以外のハスト村の人たちはいったいどこに行ってしまったのか？

大賢者とは何者なのか？

そして、人工精霊でもある時の大精霊――アクリはどうして生まれたのか？

そのことを調べるため、僕達はヒルデガルドちゃんが作った魔法陣とアクリの力を使い、千二百年前のハスト村に精神を送り、調査をする予定だった。

だけどなぜか僕とヒルデガルドちゃんは過去に行くことができず、一方で工房の仲間のユーリシアさんとリーゼさんは、精神どころか、肉体ごと過去に飛んでしまった。

二人は無事に帰って来られるんだろうか？

そもそも、本当に過去のハスト村に時間移動できたんだろうか？

不安は尽きない。

だけど、ここで悩んでいるわけにもいかない事情があった。

この剣聖の里に、ヒルデガルドちゃんと敵対している魔族――魔神王の軍勢が迫っているのだ。

想定では、三週間後にはこの里に到着する。

しかも、この里が魔神王の軍勢に落ちれば、里の中にある転移石を使って、僕達が住んでいるホムーロス王国にまで攻めてくるかもしれないという。

第三席宮廷魔術師であるミミコさんが、即座にタイコーン辺境伯に連絡してくれたお陰で、援軍もこの里に到着している。

それでも、敵の数は三十万というから、こちらの旗色が悪いのは明白だ。

本当に大丈夫だろうか？

やはり不安が拭《ぬぐ》えず、悩みながら歩いていると――

「クルト、危ないわよ」

「え？」

ヒルデガルドちゃんの言葉が耳に届くと同時に、僕は何かにぶつかった。

でも、目の前には何もない。

あ……そうか、すっかり失念していた。

「そういえば、ここって城壁が透明《とうめい》だったんだ」

この里はグルリと城壁に囲われているんだけれども、その城壁は視認することができない。

光を屈折《くっせつ》させず、完全に透化させる建材を使い、見えない城壁にしているのだ。

表面も滑《なめ》らかで埃《ほこり》などが溜《た》まることもないから、注意しないとこうしてぶつかってしまう。

ただ、雨の日だけは城壁を伝って流れる水が綺麗《きれい》だった。

「自分の村なのに忘れてたの？」

「うん、子供の頃のことだし」

僕は鼻を押さえて言った。

「大丈夫？　鼻血出てるじゃない。ハンカチがあるから使いなさい」

「平気だよ。自分のがあるから」

僕はそう言って、薬を飲んで出血を止め、ハンカチで鼻を拭いた。

「お二人は本当に仲がいいですね」

そんな僕たちを見て、近くにいたこの里の人たちが近寄ってきた。

なんでも、彼らのご先祖様はハスト村の住民に恩があるそうだ。

そのご先祖様というのは、ハスト村がかつてこの土地にあった頃に、近くで武者修業をしていたアーサーさんという冒険者らしい。よく村に訪れては、ゴブリンの襲撃を撃退してくれる、尊敬できるお兄さんだった。

アーサーさんとは仲良くさせてもらっていたから、それを恩だと感じていたのかな？

その恩を千二百年経った今でも子孫の人たちは忘れておらず、ハスト村の一員である僕も大切な客人として迎え入れてくれたのだ。

「それにしても驚きました。あのアーサーさんがグルマク帝国の初代皇帝様で、皆さまのご先祖様だなんて」

「私も、始祖様と実際にお会いした話を聞いて驚きです」

僕の言葉に、里の男性が頷《うなず》く。

「始祖様は仰《おっしゃ》っていたそうです。ハスト村が忽然《こつぜん》と姿を消し、その消息が一切わからない。ただ、ハスト村は十年に一度、村ごと引っ越し、一定の周期で元いた場所に戻ってくる。世話になった彼らのために、彼らが帰る場所を守らなければいけないと。それが大賢者の弟子である自分の役目であると」

「大賢者の弟子!?」

男性の話を聞いていたヒルデガルドちゃんが驚き、声を上げた。

「どういうこと!?　大賢者についてなにか知っているの？」

「大賢者とはこの世界を管理する存在であり、失われた大地の民の生き残りと言われていますが、詳しいことは私にもわかりません。そして、大賢者の弟子とは、その大賢者に認められた者であり、大賢者と会ったことのある者だそうです」

ヒルデガルドちゃんは、不満そうに男性を見る。

「なんで、今まで黙っていたの？　私は千年以上前からこの里に訪れてるけど、そんなこと一度も話してくれなかったじゃない」

「ユーリシア様とリーゼ様が過去に旅立たれることが、このことを話す条件だったのでございます。

それまで、私どもは話すことができなかったのです」

「つまり、あなたたちはあの二人が肉体ごと過去に飛ばされることを知っていたって言うの⁉」

怒りを露《あら》わに、ヒルデガルドちゃんが男を怒鳴りつけた。

僕はそんな彼女を宥《なだ》める。

「ヒルデガルドちゃん、落ち着いて。『話さなかった』じゃなくて、『話すことができなかった』って言ったんだよ。ヒルデガルドちゃんなら、その違い、わかるよね」

「……わかってるわ。でも」

「それに、秘密って打ち明けてもらえない方も辛いけど、打ち明けることができないのも辛いと思うんだ。僕だって、ヒルデガルドちゃんやみんなには言っていない秘密があるし……」

「クルトに秘密？　あぁ……確かにいろいろとありそうね」

一瞬驚いた様子を見せるヒルデガルドちゃんだが、すぐに納得したように頷く。

「え⁉　僕ってそんなに秘密があるように見えてるの⁉」

「クルトが秘密にしているっていうか、クルトの秘密っていうか」

なぜかヒルデガルドちゃんは明後日《あさって》の方を向いて呟《つぶや》いた。

どういうことか気になるけど、僕の中でそれ以上考えない方がいいという意識が働く。

「探しましたわよ、クル。何をのんきにデートしているのですか」

そんな時、僕がかつてお世話になっていたパーティ「炎《ほのお》の竜牙《りゅうが》」の一員だったマーレフィスさん

が、そう怒りながら近付いてきた。

デートではないけど、しかしのんきにしていたのは確かだったと反省する。

「ごめんなさい。なにかあったんですか？」

「ええ。これから防衛に関する作戦会議を行うのです。クルとそこの彼女は、本来は過去に精神を飛ばすために会議には不参加の予定でしたが、過去に行けなかったのなら連れてくるようにとミミコ様からの命令ですわ」

「ミミコさんから？　わかりました、すぐに行きます。あ、でもアクリが」

「クルト、アクリならあのドリアードの分体と一緒なんでしょ？　なら心配ないわ」

確かに、ヒルデガルドちゃんの言う通りか。むしろ僕とふたりきりでいるより安心だ。

それに、アクリが起きていたとしても会議の場には連れて行くことができない。

「わかりました。では、行きましょう」

僕は頷き、マーレフィスさんについていった。


「それで、クルトちゃんはいったいなにをしているの？」

「え？　お茶くみですけど」

僕はミミコさんにそう答えて、紅茶をカップに注ぎ、円卓を囲んで座っている皆さんの前に並べていく。

会議に僕が呼ばれたのは、お茶くみが必要だったからだと思って、真っ先に厨房《ちゅうぼう》に向かったんだけど……違ったのかな？

「クルトちゃん、お茶を配り終わったら空いてる席に座って」

ミミコさんがそう言って、椅子《いす》に座るように僕を促す。

そう言われても……と、僕はここにいる会議の参加者を見渡した。

まず目に入ったのはミミコさん。第三席宮廷魔術師である彼女が、ホムーロス王国の中で一番立場が上の人間であり、僕たち使節団の代表でもある。

そして、その隣に座っているのが、アルレイド様。ヴァルハで騎士隊を纏《まと》める隊長。隣には現在リクルトの守備隊を纏めているジェネリク様が座っている。この二人が騎士隊の代表だ。

そして、その横には工房主《アトリエマイスター》オフィリア様もいる。

本当なら、僕たちの主人である工房主《アトリエマイスター》リクト様もこの場にいなくてはいけないんだけど、別の大切な役目があるからという理由でここにはいない。

剣聖の里からは、族長のルゴルさんと、その息子で族長補佐のゴランドスさんがいる。ゴランドスさんは僕より少し年上で、僕を除いたらこの場で一番若い、赤髪の男性だ。

そして最後に、ヒルデガルドちゃん。

一緒にこの里にやってきた、同じ工房に所属しているパーティ『サクラ』のみんなや、他の騎士様、マーレフィスさんもここにはいない。

そんな場所に僕が座ってもいいのだろうか？

そう思ったが、ルゴルさんが促してきた。

「どうぞクルト様。あなたはハスト村の代表なのですから」

「……わかりました」

僕は頷き、空いている席――ゴランドスさんとヒルデガルドちゃんの間に座った。

「じゃあ、せっかくだしクルトちゃんが淹《い》れてくれた紅茶をいただきましょうか」

「悠長《ゆうちょう》なことを言っている場合ですか、ミミコ様！」

アルレイド様が立ち上がり、声を荒らげる。

「悠長でいいでしょ。まだこの里が攻められるまで三週間もあるんだし」

「たった三週間です！」

「落ち着いてください、隊長。クルトやヒルデガルド様に事情の説明もしてないいんですから。ミミコ様の仰る通り、紅茶を飲みながら説明しましょう」

ジェネリク様はいつものように砕けた口調でアルレイド様を窘《たしな》めるけど、しかしどこか緊張感を漂わせている。どうやら、僕がいない間、会議は一触即発の雰囲気だったらしい。

アルレイド様はジェネリク様を睨みつけながらも黙って座り、紅茶を一気に半分近く呷《あお》った。

やっぱり熱かったのだろうか？　一度目を見開いた――かと思うと、今度はゆっくりと飲んでくれた。

他のみんなも紅茶を飲んで最初は驚いた表情を浮かべたが、その後はゆっくりと味わっている。

ミミコさんが微笑《ほほえ》みながら僕に向かって言う。

「美味しいわ、クルトちゃん。それに心が落ち着く」

「はい。リラックス効果のある茶葉を選びました。皆さん、会議で疲れていると思いまして」

それにしても、さすがミミコさんだな。

さっきまでの殺伐《さつばつ》とした雰囲気が一気に消えた。

あの場でミミコさんが紅茶を勧めていなかったら、冷静に話し合いなんてできなかっただろう。

「それで、何を揉《も》めていたの？」

ヒルデガルドちゃんが尋ねると、アルレイド様が答える。

「防衛についてだ。人数にも差がある以上、籠城戦《ろうじょうせん》ではなく、こちらの谷に戦力を集中させたいと思っている」

「反対です。我々の役目はこの地を守ることにあります。敵がどこからやってくるかわからない以上、この地を疎《おろそ》かにすることはできません」

ルゴルさんは籠城戦を望んでいるのか。

「籠城戦は、友軍の到着が望める場合に行うべき戦法です。孤軍で行う場合は不利になります」

しかしアルレイド様は静かにそう言って首を横に振っていた。

この戦争で、剣聖の里の友軍と言えるのは、ヒルデガルドちゃんの部下たちだ。

ただ、魔神王の軍勢は剣聖の里への侵攻と同時に、この剣聖の里の西、ヒルデガルドちゃんが統治しているラプセラドという城塞都市《じょうさいとし》にも侵攻を行っているらしい。

そちらの防備を怠《おこた》れば、ヒルデガルドちゃんの領地が危機的状況に陥るだけでなく、剣聖の里も北と西、双方から攻め込まれることになってしまう。そのため、僕の知り合いでもあるソルフレアさんが率いる隊をはじめ、多くの部隊を配置しており、剣聖の里に回せる部隊には限りがある。

魔族が支配する魔領には四大派閥というものがあって、老帝ことヒルデガルドちゃん、今回侵攻してきた魔神王、そして獣王と魔竜皇という四人がトップに立っている。しかし獣王と魔竜皇は協定により援軍を出せないため、ヒルデガルドちゃんの部下以外の援軍は期待できないそうだ。

さらに、アルレイド様は続ける。

「そもそも、この里の壁は籠城戦には向いてない！」

この里の周囲にあるのは、目には見えない壁。

なんで透明なのか理由はわからないけれど、僕が子どもの頃からすでにあったものだ。

壁の内側の様子が丸見えというのは、相手の虚《きょ》をつくことはできても、それ以上に人員やバリスタなどの兵器の配置が丸見えで戦いにくいらしい。

「敵の中には空を飛ぶ魔物を従えている魔族もいるかもしれない。その場合、果たして谷での迎撃が有効かどうか？　それに、敵の真の狙いがまだわからないのだろう？」

オフィリア様が目を細めて言った。

「オフィリアちゃんの言う通り。魔神王の狙いがホムーロス王国かどうかもわからないんだし」

「どういうことですか？　魔神王の目的は転移石の奪取、その後にホムーロス王国を強襲する計画なのでしょう？」

アルレイド様が尋ねた。

魔神王の配下はタイコーン辺境伯と接触し、魔領に近い西側の守りの弱体化を図っていたらしい。

「ええ。そのために私の身柄があの辺境伯に引き渡されたんだもの」

そうそう、その配下の人がヒルデガルドちゃんを捕まえて、タイコーン辺境伯に引き渡してたんだよね。

本当に、タイコーン辺境伯の小さい女の子好きには困ったものだと思う。主君である辺境伯のことを悪く言うつもりはないけれど、まさか成長しないヒルデガルドちゃんを自分のものにするために、ホムーロス王国を危険に晒《さら》すなんて。

今は娘であるファミルさんのお陰で、ちゃんと子供の成長を見守れるようになったけれど。

少し話が逸れてしまったけど、魔神王がこれまでホムーロス王国を手に入れるために陰で画策していたというのなら、今回もその計画の一環だと考えるべきだろう。

「普通の転移石だというのなら、私も納得した。だが、あの転移石はそうではないだろう？」

オフィリア様がそう言って僕を見た。

僕のような代理ではない、本物の工房主《アトリエマイスター》であるオフィリア様なら全部自分で説明できるはずなのだろうけれど……ここまで発言の少ない僕を気遣って、そう尋ねてくれたと理解できた。

「はい。あの転移石は通常の転移石ではありません。まず、通常の転移石は、地面の下を巡る魔素の流れとその力を使って転移していますが――」

「待て、待ってくれ。クルト、お前は転移石の仕組みについて理解しているのか？」

「え？　はい」

「クルトちゃん。転移石の仕組みについては、工房主《アトリエマイスター》ヴィトゥキントですら完全には理解していなかったの。彼が作っていたのはあくまで複製だったから」

オフィリア様とミミコさんがそう言うけど、転移石の仕組みってそんな難しいものなのかな？

もしかして、転移石の仕組みについて詳しい僕って……

「ミミコ、それ以上は」

「あ……うん。まぁ、工房主《アトリエマイスター》ヴィトゥキントが転移石に関する技術を独占していたせいで、他の人間が研究しなかっただけかな」

ヒルデガルドちゃんに耳打ちされたミミコさんがそう訂正した。

あぁ、なるほど、これまでは転移石について誰も調べようとしなかったのか。

てっきり、僕が凄《すご》いだなんて勘違いするところだった。

「では、説明を続けますが、この剣聖の里にある転移石は、以前ミミコさんに話した通り、上位空間に転移するための転移石です。その仕組みは、魔素の流れに乗るのではなく、転移石そのものが魔素を吸収して自ら魔素の流れを作り出しています」

「他の転移石とできることが違うのか？」

「そうですね。亜空間への転移の他、やろうと思えば転移石のない場所への転移も可能です」

僕の説明に、オフィリア様が目を丸くする。

「転移石のない場所への転移だとっ⁉　つまり、使おうと思えば、玉座の間に軍隊を送り込むことも可能だということかっ⁉」

「はい。ただ、理論上は可能というだけです。魔素の流れを完全に計測しなければ、地中に転移したり、上空何千メートルの場所に転移したりしてしまいますから。目印かなにかがあれば話は別ですが」

「目印というのは、他の転移石ということか⁉」

アルレイド様が声を上げて尋ねた。

「いいえ、ヴィトゥキントさんの作った転移石は、そもそも地脈の魔素の濃い場所に作っているので、魔素の流れが新しく割り込むのが非常に難しいんです」

「そうか……それはよかった。もしもそれが可能だったら、王都に魔族が流れ込むところだったからな」

「そうですね。一年以内に王都で悪魔の召喚とかしていなかったら問題ありませんよ」

僕は笑って言うと、なぜかミミコさんとオフィリア様が固まる。

「クルトちゃん……悪魔の召喚をしている場所になら転移ができるの？」

「え？　はい。可能ですね。悪魔って元々魔素が強いですからね。その悪魔をこの次元に引き込む際、魔素の強い流れができるんです。その流れが消えるまでに、だいたい一年くらい時間がかかりますから、一年以内に悪魔を召喚した場所になら、少し調整すれば転移できます」

上級悪魔とかくらいなら、その辺を調べたら結構出てくる。しかもすぐに死んじゃうから、わざわざ召喚しようなんて人はいないと思う。

最近は数が減ったと思ったけれど、それでも見かけたし。

「(悪魔が召喚された場所といえば、ラピタル文明の遺跡とタイコーン辺境伯の屋敷の地下、そして――)」

「(王都の大聖堂もだね。あそこにも、悪魔を召喚した痕跡《こんせき》があったの。教会に出入りしてるガストル侯爵の姪《めい》が悪魔と契約して、代償《だいしょう》として命を落としている)」

「(トリスタン司教も厄介な置き土産を残してくれたものだな)」

ミミコさんとオフィリア様がこそこそと話を始めた。

会議の場で密談をするのは普通、周囲に咎《とが》められるものだと思っていたけれど、他の人は注意をする様子もない。

それどころか、他の人も何か僕に聞こえないようにこそこそと話をしているようだ。

そのこそこそ話が終わったと思うと、ミミコさんが立ち上がってアルレイド様に言った。

「アルレイド将軍。第三席宮廷魔術師である私が、陛下の名において命じます。転移石の死守は必須です。絶対に奪われてはいけません」

「最悪、魔族に転移されてもいいように遺跡の周辺にも部隊を配置する予定でしたが」

「その案は継続してください。先ほども言った通り、魔神王の狙いがわからないですから」

ミミコさんが凛《りん》とした態度でアルレイド様に命令を出した。

普段のふざけた態度は微塵《みじん》もない。

その光景に、僕は感動するよりもむしろ緊張した。それだけ事態は緊迫《きんぱく》しているということだ。

さっき、ミミコさんは三週間以上あると言ったけれど、やっぱりアルレイド様の言った通り三週間しかないと言ったほうがいい。

「しかし、この里の周囲には小高い丘や山も多く、籠城となると、敵に谷を越えられた後の動きが把握しにくくなってしまいます。各地に偵察用の部隊を配置するにも、こちらの人数は少数ですから」

確かにこの里からだと、城壁に上がったとしても見える場所には限度がある。

一番高い場所で、高さ二十メートルくらいだったかな？

「なら、空の上から偵察《ていさつ》するのはどうですか？」

「空の上から？」

僕の言葉にアルレイド様が首を傾げていると、ミミコさんが何かを思い出したように言った。

「そういえばユーリシアちゃんから聞いたけど、クルトちゃんにはドラゴンの友達がいるのよね？　そっか、そのドラゴンの背に乗れば――」

ドラゴンの友達？

この前、ソルフレアさんに命を狙われていたドラゴンのことかな？

そう思い至って否定しようと口を開きかけるが……

「ダメよ。この世界の多くのドラゴンは魔竜皇の配下。配下ではなかったとしても、魔竜皇の眷属《けんぞく》であることには違いないの。魔竜皇が中立の立場をとると決めた以上、クルトの友達であったとしても、今回の戦争でドラゴンは使えないわ」

ヒルデガルドちゃんが目を細めて言った。

でも――

「ドラゴンじゃなくても、気球を浮かべるとか、方法はいろいろありますよね？」

「キキュー？　悪いんだけど、クルトちゃん。キキューってなんなのか教えてくれない？」

尋ねられた僕は、気球の簡単な仕組みを教えた。

魔法晶石によって熱することで空気を軽くし、その空気を大きな布で集めて浮かび上がるというものだ。

それを聞いたミミコさんとオフィリア様が、なぜか目を丸くしてこそこそ話を始めた。

「（どう思う？）」

「(どう思うも何も、こんな単純な原理で、人類が成しえないとされた飛行が本当に可能なのか?・)」

「(原理としてはわかりやすいし、クルトちゃんができるって言うなら本当にできると思うけど)」

「(あぁ、そこだけは私も信用している……まったく、クルトが来る前に他の皆に宣言しておいてよかった。『クルトの話の後、私たちがこそこそと話をしても気にしないように』とな……)」

ミミコさんと話した後、なぜかオフィリア様が頭を押さえた。

もしかして、僕がいかにも素人《しろうと》丸出しという考えをしたから、会議に呼んだことを後悔しているのかな?

ミミコさんたちだけじゃなくて、他のみんなも隣の席の人と囁《ささや》き合っている。

「あの……すみません。こんな変なことを言ってしまって」

「いいえ、クルト様。気球は確かに必要なようですね」

ルゴルさんが言った。

でも、一つだけ懸念点もある。

「あ……通信機も必要ですよね」

「つーしんき?」

「遠くの人と話すための道具です」

「それって簡単に作れるものなの?」

「はい。簡単です。そうですね、中継用の基地を作らない場合だと、十キロ以内でしたら通話できます」

まぁ、通信機くらい、ミミコさんのような凄腕の魔術師なら簡単に用意できる……ううん、もしかしたら魔道具なんてなくても通話できるのかもしれない。だって、通信機って言葉にピンときていないようだったから。

「(……オフィリアちゃん、何か言うことはある？)」

「(……いや。遠くの者に声を届ける手法はリクルトの町でも見せてもらった。しかし、中継用の基地がなければ十キロと言っていたな？)」

「(クルトちゃんの話からすると、その中継用の基地を作れば、もっと遠くの人とも会話ができるみたいね……私の大好きな伝書鳩《でんしょばと》の時代は終わりかな)」

やっぱり僕の言っていることがおかしいのか、ミミコさんがため息をついている。

「クルトちゃん、通信機一個作るのに必要な時間はどのくらい？」

「材料があれば。チャンネル数によって変わりますけど、量産しても一日はかかりません」

「ちゃんねる……？　まぁ、材料はこっちで用意するから、今から、必要なものを書き出してくれる？　あと、今回の戦いで必要そうなものもあったら、使い方とその素材について書いておいてくれないかな？　あっちの部屋で。ミスリルとかそういう素材が出てきたらクルトちゃんに頼むことになりそうだけど」

「そうですよね。ミスリルって売ってるのを見たことがないんですよ。どこでも採れる素材だから当然ですけど」

「ウン、ソウダネ」

ミミコさんが明後日《あさって》の方を見て頷いた。

なにかあっちの方に虫でもいたのかな？

そんなことを思いつつ、僕は今回の戦いで使えそうな雑貨をリストアップするために、隣の部屋に向かった。

◇◆◇◆◇

私――ミミコはクルトちゃんが隣の部屋の扉を閉めたと同時に、もう一度ため息をついた。

私だけではない、ここにいる者全員がため息をつく。

「さっき話をしていて改めて気付いたけど、相変わらずあのバカクルトは無自覚なのね。まぁ、ここで下手に自覚して二十四時間ぶっ倒れられたら面倒だから、無自覚のままの方がいいんだけど」

老帝ヒルデガルドがため息をつく。

クルトちゃんは、自分の能力について自覚すると、その場で丸一日昏睡《こんすい》状態に陥り、目覚めてからはその原因となる記憶を失う。

そのことは事前に説明しており、この場にいる全員の共通認識である。

「しっかし、あのクルトがここまで無茶な奴だとはな」

ジェネリク副将軍が苦笑して言った。

彼はクルトとたまに会話するらしいが、彼の異常性については一部しか把握していなかった。

逆にクルトとは普段接しないアルレイド将軍の方が、クルトについて詳しい。

ここにいる人間の中で、ヒルデガルドを除き、最初にクルトと出会ったのが彼である。

「とにかく、籠城の時の敵軍の動きが読めないという点については、クルトちゃんのナイスアイデアでカバーできたわけだけど……三十万の敵すべてに取り囲まれたらさすがに辛いわね。どこかに伏兵の配置は必須かな？　谷でも攻撃は仕掛けたいところだけど」

私は地図を見て、アルレイド将軍と兵の配置について相談をする。

「籠城と決まった以上、周囲の壁を有効に使わせてもらおう。正直、クルト君の村の人が作った壁というだけでかなり心強い。ただ、壁の色が透明というのはなんとも……クルト君に壁の色を元に戻せるか尋ねないとな」

アルレイド将軍はそう言って紅茶を飲んだ。

さっきまで籠城なんてありえないと断言していた彼だったが、この紅茶のお陰で、籠城についての意見を冷静に出すことができたようだ。

できれば王国の元老院の議会でもこの紅茶を出してほしい。

クルトちゃんに出張で来てもらいたい気分だ。

「さっき、大賢者について里の人から聞いたんだけど……ルゴル、あなたから私に話せることは増えているの？」

ヒルデガルドがそう尋ねた。

大賢者について？

どうやら、クルトちゃんが彼女と散歩している間に、何か話の進展があったらしい。

「我々が今話せることは限られています。我々は大賢者の命令に従い、いつか帰ってくるハスト村の住民に返すためにこの地を守護している一族であるということくらいです。あとはそうですね……過去に旅立たれた二人――ユーリシア殿とリーゼロッテ殿が、この世界についての真実を知っていることでしょう」

ルゴルは天井を見上げて、そう言った。

◇◆◇◆◇

私、ユーリシアは、リーゼと一緒に、農家のおじさんの案内で村を歩いていた。

気が付けば見知らぬ土地に、リーゼと二人きりで立っていた私たちは、彼に声をかけられて、村を案内してもらっている最中なのだ。

村はとても長閑《のどか》だった。

風が吹けばツワブギの冠毛《かんもう》が飛んでいき、せせらぎでは手の長い海老《えび》が魚が通りかかるのをいまかいまかと待ち構えている。

養豚場だろう、木の柵《さく》の中では何かを探しているのか豚が土をひたすら掘っていて、その横の餌《えさ》入《い》れには、盗み食いしようと猫とドラゴンが集まっていた。

村には子供もいるようで、人形遊びしている。あれは……ゴブリンと剣士の土人形だろうか？色付きの等身サイズで、関節まで動いているみたいだ。

通りかかった家の前では、一組の夫婦とその子供の三人が並んでいた。彼らの前には画家らしき男がいる。どうやら家族の思い出を一枚の絵として残しているらしい。

「笑って笑って、さぁ描くよ、はいピース！」

画家がそう言うと同時に、わずか数秒で一枚の絵画――まるで現実を切り取ったかのような写実画が描かれ、その完成した絵を夫婦に渡していた。

「いやぁ、なにもない村でつまらないだろう？」

「「そんなことはありません」」

農家のおじさんが謙遜《けんそん》するふうでもなく、本心のように言ってきたので、私とリーゼは同時に首を横に振った。

「ははは、お世辞《せじ》でもそう言ってもらえると嬉《うれ》しいよ」

「「お世辞ではありませんから」」

またも声を揃《そろ》えてしまう。

さっきから汗が止まらない。

私もリーゼもこれまで散々クルトのことを見てきて、もう何が起きても驚かないつもりでいた。

しかし、しかしだ。

「あの、空を飛んでるあれはなんですか？」

リーゼが空に浮かぶボールのようなものを指さして尋ねた。

「あれはゴブリン監視用の上空感知装置だよ。一応、村には透明の壁を設置して外部からの侵入者を防ぐようにしてはいるんだが、それでもゴブリンは怖いからな」

「透明の壁？」

「ああ、前はオリハルコンの壁で村を覆《おお》っていたんだけど、『家が陰になる！　ワシは魔道具ではなく太陽の光で洗濯物を乾かしたいんじゃ』って爺様《じいさま》から苦情が来てな。それで太陽の光を反射させて陰にならないようにしたら、今度は『時間問わずに日が入り込む！　夕方、居間に太陽が差し込むのは困る！　家を反転させるのに一体何時間かかると思ってるんじゃ！　いい加減にしろ！』って怒られて、結局爺様が勝手に透明な建材で壁を作り替えたんだよ。困ったもんだろ？」

「そんなご近所トラブルみたいに語られましても」

農家のおじさんが、「ははは」と笑っているが、もうどこに驚けばいいのかわからない。

「パルクおじさん。こんにちは。そちらの方々は？」

そう言って声をかけてきたのは、二十歳くらいの黒髪の男性だった。

「村の外の人だよ。どうやら道に迷ったみたいでね。行商人が来るまでうちでお茶でも飲んでいってもらおうかと思ったんだ」

「え？　パルクおじさんの家？　若い女性を男の一人暮らしの家に連れていくのはどうかと思うよ？　……君たち、僕の家に来ないかい？　妻もいるから安心だと思うよ」

「あぁ……悪い、そこまで気が回らなかったな。嬢ちゃん、この坊主《ぼうず》の家で待ってるか？　行商人が来たら俺から報《しら》せるよ」

私とリーゼは視線を交わし、その言葉に甘えさせてもらうことにした。

「お願いします」

「よかった。妻も話し相手が欲しかったと思うからちょうどいいよ」

男は朗《ほが》らかな笑みを浮かべて頷いた。

「そうだ、僕はニコラス。君たちの名前は？」

「……リーゼロッテと申します」

リーゼは少し逡巡《しゅんじゅん》してから、家名は伏せて、本名を名乗った。

世話になる相手に対し、偽名を使うのは不義理だと思ったのだろう。

「ユーリシアです」

「そうか……うーん、二人ともいい名前だね。うん、女の子の名前は華がある」

ニコラスは名前を聞いて、一瞬考える素振《そぶ》りを見せた。

私たちの名前に何か違和感があったのだろうか？

「うちの家はもうすぐそこだよ」

そう言って彼が指さした場所は、レンガ造りの一軒家だった。

まるで絵本に出てくるような可愛らしい家で、庭にはパナモモの木が植えられていて、黄色い果樹が実っていた。

「ただいま、ソフィ！　お客さんを連れてきたよ！」

ニコラスは中にいる妻——ソフィという名前らしい——に声をかけながら家の中に入った。

すると、ゆったりとしたサイズの服を着た、灰色の髪の小顔の女性が玄関に迎えに来た。

ニコラスといい、このソフィといい、なんだか妙な感じがする。

悪い人じゃなさそうなんだけど、何かムズムズするな。

「あらあら、いらっしゃい。狭い家だけど上がって」

「お世話になります」

「お邪魔します」

リーゼと私はそう言って、家に上がる。

家の中はビックリドッキリギミックが溢《あふ》れている——なんてことはなく、普通の家だった。

ソフィが隣の部屋から椅子を持ってこようとしたところで、ニコラスが「僕がするからソフィはクッキーの用意をお願い」と言った。

ソフィは笑顔で頷き、小麦粉を取り出す。

これが普通の人間だったら、「え？　小麦粉？　クッキーってそこから？」と驚くだろうが、そこはクルトに訓練された私とリーゼだ。

驚くことなく、三分で焼きあがったクッキーを受け入れる。

調理工程は、やはり見ていてもわからない。

「ごめんなさい、事前にわかっていたら手の込んだお菓子も作れたんだけど。どうぞお召し上がりください」

ニコラスが用意した椅子に座り、私たちは紅茶に角砂糖を二つずつ入れる。

きっと、甘いのが好きなんだと思われているだろう。

「それでは遠慮なく」

「いただきます」

私とリーゼはそれぞれ形の違うクッキーを手にし、口に運んだ。

あぁ、うまい。

柑橘《かんきつ》系の果物が使われているのか、疲れた身体には酸味が、この短期間で見せつけられた非常識な光景によって消耗《しょうもう》しきった脳細胞には、糖分が染み渡る。

やはり、理不尽極まりない現象と遭遇《そうぐう》した時は甘い食べ物が一番だ。

と、そうだった。

「あの、聞きたいんですけど、ここはハスト村で合っていますか？」

「ええ、そうよ。なにもない静かな村でしょ？」

ソフィは笑顔で頷いた。

なにもないという点だけは同意しかねるけど、とりあえず頷いておく。

「このあたりの地図ってありますか？」

「ああ、そうだったわね。地図は――」

「ソフィ、僕が取ってくるよ」

ソフィが立ち上がろうとすると、ニコラスが笑顔で止めて二階に上がった。

そんなニコラスを見て、ソフィは苦笑する。

すぐにニコラスが戻ってきて、周辺の地図を見せてくれた。

さすがに周辺国まで描いている地図はないようだ。

「どう思います？」

それを見て、リーゼが小声で私に意見を求めてきた。

「私たちは剣聖の里には転移で行ったから、周辺の地理には詳しくないが……南に大砂漠、東に大森林――ということは魔領だと思う」

「やはりそうですわね。少なくとも、クルト様がハスト村があると言っていたシーン山脈ではありませんわよね」

「ああ。もしかしたら、過去じゃなくて、現代のハスト村に転移したのかとも思ったが……そうではないらしいな」

ひそひそと話す私たちに、ソフィが心配そうに尋ねてくる。

「大丈夫？」

「え……えぇ、大丈夫です。ちょっと思ったより遠くに来ていたようで」

私はそう言って苦笑し、紅茶を飲んだ。

ヒルデガルドの話では、時間が経てば元の時代に戻れるそうだから、予定通りの仕事はしておくか。

私たちが調べるのは三つ。

シーン山脈にあったハスト村がなぜ消滅したのか？

大賢者とは何者なのか？

そして、時の大精霊——アクリはどうして生まれたのか？

もっとも、「あなたの村はこれから消滅するみたいですが、なぜですか？」なんて馬鹿みたいな質問はできないし……さて、なんと質問したらいいものか。

「あの、聞きたいことがあるのですが、よろしいでしょうか？」

私が言いあぐねていると、リーゼが口を開いた。

腐っても、さすがは第三王女だ。

政治の話をすることも多いだろうし、私なんかより、リーゼの方が的確な質問を――

「この村に、クルトという男の子はいらっしゃいますか？」

「なにバカな質問をしてるんだっ！」

私は思わずリーゼの頭を引っぱたいていた。

リーゼは恨みがましくこちらを見ると、小声で抗議してくる。

「なにをしますの、ユーリさん！」

「なにをするは私のセリフだ！」

「だって、ここが過去のハスト村ということは、子供のクルト様がいるかもしれないではありませんか。十五歳であの可愛さですよ。幼き日のクルト様は絶対にかわいいに決まってます」

「それは否定しないが、聞き方ってもんがあるだろ！」

確かに、確かに私も気になる。

子供のクルトなんて、絶対に天使のような子供に決まっている。

見たい、見てみたい。

だが――

「クルト？　いや、そんな男の子はこの村にはいないな」

ニコラスの返事は、そんな残念なものだった。

クルトがいない……ということは、ここはクルトが生まれるより前の時代なのか。

「もしかして、その子を探して旅をしているの？」

「あぁ、いえ、クルトっていうのは私の国に伝わる英雄の名前で、そのモデルとなった人がこのあたりに住んでいるという噂《うわさ》を聞いたような聞かなかったような、そんな感じなんです」

「そうなの？　でもそんな凄い人がいたら、ぜひお目にかかりたいわね」

ソフィは笑顔で頷いた。

ふぅ、なんとか誤魔化せたな。

そうだ、この話の流れで――

「この村に、そういう伝説とかいろんなことを知っている人はいませんか？　賢者とか呼ばれていそうな人とか」

私はそう言って、大賢者について聞くことにした。

「賢者か。といっても、ここは何もない村だからな。面白い研究をしている人ならいるけれど」

「面白い研究？　どんな研究ですの？」

「この世界そのものについての研究だよ――そうだな、これを飲み終わったら案内するよ」

ニコラスはすっかり温《ぬる》くなった紅茶に角砂糖を一つ入れながら、笑ってそう言った。

なるほど、世界そのものの研究か。

私は一度、大賢者と顔を合わせたことがあるのだが、自らを大賢者と名乗る彼女らしいな。

「そういえば、その人はどんな女性なんですか？」

紅茶を飲み終え、案内してもらっている途中、私はそう尋ねてみる。

「え？　男だよ、あの子は」

しかしニコラスの答えは、予想外のものだった。

それはつまり、私が顔を合わせた彼女に会えるわけではない、ということだ。

内心ガッカリするが、ここで引き返すわけにはいかない。

なぜなら、私はまだ、大賢者と会っていない――ということになっているからだ。

少なくとも、リーゼにはまだ話したくない。

私が大賢者と会って、彼女と話した内容を。

「はぁ……」

私は大賢者との会話を思い出し、ため息をついた。

「どうしました、ユーリさん。緊張しているんですか？」

リーゼが私のため息を曲解して捉え、小声で尋ねてきた。

「……あぁ、そんなところだ」

「仕方ありませんわ。大賢者といえば、私のお母様とユーリさんのおばあ様にも関係があるようですから。普通に考えればこの時代に生きているとは考えにくいですが、大賢者が人間とは限りませんし、先祖代々記憶を引き継いできたという工房主《アトリエマイスター》ヴィトゥキントの例もございますから、一概に否定はできませんわ」

「そうだな」

私は頷きながら考えた。

大賢者は私に言った。

私、ユーリシアは千二百年以上も前から大賢者の弟子なのだ、と。

私はそれを聞かされた時、運命論みたいなものだと思って一笑に付したが、こうして実際に過去にやってきてみると、私が今から大賢者の弟子になる可能性が高いと一瞬思ったのだ……まぁ、その予想は外れたわけだけど。

そうだ、この世界について研究しているというのなら、相手が大賢者ではないとしても、私たちの知らない別の何かについて知っているのかもしれない。

歩くことしばし、私たちは村のはずれの、建物らしきものもない場所まで来た。

「その研究者の家は遠いんでしょうか？」

リーゼが少し不安そうに尋ねる。

ニコラスは悪人には見えないが、しかしハスト村の住人だ。

常識知らずだから、もしかしたらここから歩いて十時間——とか言われても困るよな。

「いや、もうここだよ」

ここ？

しかし、目の前には大きな岩があるほかは何も見えない。

「この岩があいつの研究所の入り口さ。ほら、ここに三つの突起があるだろ？　これを順番に押すと――」

ニコラスが三つの突起を合計七回押すと、岩の側面に切れ目が入り、扉のように開いた。

「と、このように開くんだよ。驚いた？」

私たちは同時に頷いた。

「うん、そうだよね。田舎じゃ全員見知った仲だから、建物に入る番号を全員知ってるんだ」

ニコラスは笑って言った。

驚いたってそっち？　この鍵《かぎ》の仕組みじゃなくて？

まるで、「うちは田舎だから、村人全員、鍵をかける習慣がないんだ」みたいな言い方だった。

本当にクルトと同じノリだ。

「あの、ニコラスさん。少し気になるんですけど、村の人の中で、急に意識を失う人とかいませんか？　丸一日寝込んで、でも翌日には何事もなかったかのように目を覚まして、なぜか意識を失ったその日の記憶がない……みたいな」

私が尋ねると、ニコラスは笑顔で頷く。

「知ってるの？　このあたりの風土病？　って言うのかな。多い時だと年に、二、三回起こるよ。

僕たちにも原因がわからなくてね」

なるほど、クルトが自分の能力について自覚したら意識を失うのは、あいつだけの特異体質かとも思っていたけれど、やっぱり村人全員が同じなのか。

まぁ、ニコラスたちの様子を見るとそうだよな。

「もしかして、ユーリシアさんはその原因に何か心当たりがあるのかい？」

「いえ、このあたりでたまに発症する病気としか。治療法があれば知りたいと思いまして」

私はそう言葉を濁《にご》す。

「そっか……残念だ。残念だけど治療法は僕たちにもわからないんだ。どんな薬も効かなくてね」

彼はそう言って、岩戸の中に入っていく。

中は階段になっていて地下に続いていた。

少し薄暗いが、地獄《じごく》の底に続いているような恐怖はなく、まるで未知の世界に続いているような不思議な感覚に陥《おちい》った。

足取りが軽い。

いや、足取りだけじゃなく、胸も軽くなったような……ん？

「なんで胸が軽くなるんだ？」

私は下を見る。胸がしぼんでしまったわけではない。

「確かに私も胸が軽くなった気がしますわ。これはいったい」

リーゼの胸が軽いのは元からだろうとか、そういうことを言っている場合ではなさそうだ。

胸だけではなく、体全体が軽くなっている。

「あぁ、このあたりはGが小さくなってる――というより、反重力が働いているからね。もう少ししたら完全な無重力状態になるから、手すりを持っていてね」

「無重力？」

「わかりやすく言うと、水中にいるのと同じ状態って感じかな？　厳密にはちょっと違うし、呼吸もできるけど、感覚として一番近いのはそれだと思う。重い荷物を運ぶ時とか便利に思えるけど、定期的に魔法晶石に魔力を補給しないといけないから、やっぱり不便だよね」

いやいやいやいやいやいや、不便とか便利とかそういう次元じゃないから。

無重力という言葉の意味はよくわからないけれど、これってつまり、空を飛ぶことができる魔道具ってことだろ？

空を飛ぶ魔道具については、これまで多くの研究者、工房主《アトリエマイスター》が作成を試みては失敗し続けてきた。それを千二百年も前に既に完成させていたというのか。

もっと詳しく聞きたくてニコラスを見ると、彼は何かを察したような表情になった。

「ごめん、気付かなかったよ。スカートをはいている女性に無重力の場所は辛いよね」

察するところが全然違う！

ただ、そういう気遣いができるところは、少しクルトに似ている気がする。

「ちょっと待って」

ニコラスはそう言うと、持っていた鞄《かばん》から裁縫《さいほう》セットと糸の束――というより塊《かたまり》を取り出した。

なんで裁縫セット？　と思っていると、ニコラスは一瞬にしてスカートの下に穿《は》くためのショート丈のレギンスを作った。手の動きがまるで見えなかった。

普通、服を作る時は糸から機織《はたお》り機で布を織って、それを型紙に合わせて裁《た》って、縫《ぬ》って作るものだ。糸から直接作るものではない。

「男の僕が作ったもので申し訳ないけど、これを穿いてよ。僕は後ろを向いてるから」

彼はそう言って私たちにレギンスを渡した。

糸から直接作ったためか、布の縫い目がどこにも見つからない。

当然、穿き心地は申し分がない。

見ただけでサイズを把握されるのは少し恥ずかしいが。

「ありがとうございます。あ……でも、対価として渡せるお金が……」

リーゼが申し訳なさそうに言った。

こちらは無一文というわけではないのだが、持っているのはこの時代から千二百年後の貨幣。この時代に使えるとは思えない。

金貨なら鋳潰《いつぶ》せば……と思うかもしれないが、ハスト村はミスリル鉱石を屑石《くずいし》として捨てているような村らしい。当然、金《きん》の価値も高くはないだろう。

「ははは、そんな急ごしらえのものにお金なんて貰《もら》えないよ。というより、この村ではあまりお金は使わないからね」

ニコラスは私たちに背を向けたまま笑って言った。

急ごしらえというけれど、百年穿いても擦り切れない品質は保証されていてもおかしくない。

とはいえ、ここでお金を渡そうとして変に思われても困るし、ありがたく受け取っておこう。

レギンスを穿き終えてから、さらに先に進むと、完全に体から重さという概念が失われた。

水の中なら上下の感覚は残っているが、今は上下の感覚どころか左右も含めて曖昧《あいまい》になっている。

目を閉じて動いた結果、壁を歩いていたとしても不思議ではない。いや、もはや歩くという感覚が正しいかどうかすら微妙だ。

私たちは手すりを頼りに奥に向かう。

すると遠くから、輝くような明かりが見えてきた。

少なくとも蝋燭《ろうそく》やランプなどの微《かす》かな光ではない。

魔法晶石による照明とも違う気がする。

まるで太陽の光のような——でもこんな地下に？

まぁ、ハスト村だし、太陽の光が差し込む地下空間があっても不思議ではないか。

そう思ったが、やっぱりというか、私の予想は簡単に裏切られることになった。

なぜなら、その先に広がる大きな部屋——そこに小さな太陽そのものがあったのだから。

私はその光景に圧倒された。

「なんだ、これ……？」

闇《やみ》の空間に、巨大な火の玉が浮かんでいる。

丸い火の玉なのに、それが太陽であると頭の中で理解できる。

その周囲に浮いている、太陽より遥《はる》かに小さな球体はいったいなんだ？

夜空に輝く星々を模しているのだろうか？

太陽の下にある魔道具も気になる。あれが無重力を発生させている道具なのだろうか。

そう思っていると、ニコラスがその答えを教えてくれた。

「この小さな玉がこの世界だよ」

「え？　この小さい玉が⁉」

「この世界ですのっ⁉」

ニコラスの説明に、私とリーゼは思わず声を上げた。

私たちの常識では、世界は平面であると言われている。

実際のところ、これまでの歴史上で、世界が球体であるという説を唱えた学者は幾人かいて、またその証拠もいくつか上がっていた。

それでもいまだに世界が平面であるということが常識として根付いているのは、ポラン教会による言論統制が行なわれているからだ。

しかし私とリーゼは、それが間違いである可能性をミミコから教えてもらっている。

そのため、火の玉が太陽であるというのなら、豆粒のような球体がこの世界を模しているものと言われても理解はできた。

だが、理解できたとしても、目の前の光景が真実であると頭が納得するのに時間がかかる。

「ここは、太陽と周囲の星々の動きを研究するために作った模擬宇宙なんだ。これは模擬太陽ってところかな」

ニコラスが笑って言った。

星々の動きを観測……なるほど、世界の研究をしているとはこういうことか、と私は納得した。

「ウラノ君、いるかい？　お客さんを連れてきたよ！」

「ん？　ニコラスさん？　こっちだこっち。来てくれ」

奥の部屋から声が聞こえてきて、私は手すりを頼りにさらに奥に進んだ。

「あ、ここから重力が徐々に戻っていきますから、お気をつけてください」

ニコラスの言う通り、だんだんと体に重さが戻ってくる。

まるで、長時間海に入ったあとに浜に戻った時のようなけだるさを感じる。

無重力とかいうものの体験は面白かったが、しかしその状況に慣れてしまうと大変そうだ。

奥の部屋からは、魔法晶石の明かりが漏れている。

また模擬太陽なんていうとんでもないものじゃなくてよかったと安堵《あんど》の息を吐いてから、私は思わず苦笑した。

魔法晶石の照明なんて高級品、普通の家どころか富豪の屋敷ですら使わないのに、それが普通だと思ってるなんて。

私もたいがい、世間にとっての非常識に染まってきたようだ。

完全に体が元の重さに戻ったところで、私たちはウラノ君と呼ばれた男の人に会えた。

声を聞いた時から予想していたけれど、ウラノ君の見た目は幼い男の子だった。

黒色と銀色が混じった髪をしていて、白衣を着ている。

もしかしたらヒルデガルドみたいに見た目の年齢と実際の年齢が違うのかもしれないが、見た目通りなら、七歳くらいの少年だ。

「いらっしゃい、ニコラスさん。お客さんもいらっしゃい」

「はじめまして、ユーリシアです」

「リーゼロッテです。ウラノ君はこの世界について研究なさっているということで、ぜひ拝見したいのですが」

「え？　誰から聞いたの？　そんな昔の話。今は完全自律型メイドゴーレムの試作機の開発しかしてないのに」

ウラノ君はそう言って、作りかけのゴーレムを私たちに見せた。

細かい部品が多く、私の知っているゴーレムとは全然違う。

リーゼも同じ感想を抱いたようで、目を丸くしている。

「これがゴーレムですの？　大きさは人間と変わりないみたいですけど」

「うん、単純なゴーレムとは全然違うけどね。既に理論はできるんだけど。最終的には、ゴブリンをも倒せるような戦闘メイドにするつもりで、そのためのアルゴリズムを構築するのに十年くらい必要かな。今でもトレントくらいなら切り倒せるんだけど……いっそのこと、僕は兵器作りに専念して、ゴーレムは別の誰かに作ってもらうか……」

トレントは切り倒せて、ゴブリンを倒せないゴーレム……さすがはハスト村仕様のゴーレムだな。

と、そこで私はあるゴーレムを思い出した。

かつて、パオス島での武道大会で私と戦い、苦しめられた対戦相手、メイド仮面。

武道大会が終わった後、クルトにあのゴーレムについて尋ねたことがあった。

あれはクルトが作った試作ゴーレムで、除草用の火炎放射器を、裏のおじさんが対ゴブリン用汚物洗浄火炎放射って名付けたり、対ゴブリン用破壊光線とかいうものを勝手につけたりしてたんだとか。

確か、そのゴーレムの名前は――

「あぁ、エレナだったたっけ」

「――っ!?」

私が呟くと、ウラノ君は驚き、すぐにニコラスに顔を向けた。

「ニコラスさん。僕は彼女たちと話すから帰っていいよ」

「え？　でも――」

「大丈夫だよ。それに、大切な人が家で待ってるんじゃないかな？」

ウラノ君がそう言うと、途端にニコラスはそわそわし始めた。

ソフィのことをよほど大事にしているのだろう。

それにしても……ウラノ君はどうやらニコラスを遠ざけて、私たち三人で話をしたいらしい。

それを察した私は、ニコラスに笑いかける。

「大丈夫だよ。話が終わったら戻るから」

「……うん。じゃあお暇《いとま》させてもらおうかな。あぁ、そうそう、ウラノ君。夕食はぜひうちで食べていきなよ。五人分、食事を用意するからね」

「わかったよ、ニコラスさん。ご馳走《ちそう》になる」

ウラノ君が頷くと、ニコラスはそそくさと戻っていった。

彼の姿が完全に見えなくなったところで、ウラノ君が私に尋ねた。

「君たちは何者だ？　僕は誰にも、このゴーレムの名前を教えていないんだけど」

ウラノ君はそう尋ね、さらに自分の予想を告げる。

「考えられる可能性はいくつかある。君たちが読心術の使い手である可能性。もしくは、君たちが僕のことを調べ上げ、僕の命名パターンからゴーレムの名前を予想した可能性。でも、どっちも限りなくゼロに近いんだよね……ならば、もう一つ。本来ならば一パーセントにも満たない可能性なんだけど、それしか残っていない以上、事実になる――君たちは未来から来たんじゃないのかい？」

怒濤《どとう》の勢いで語るウラノ君に、私は恐れ入った。

クルトの村の人間だから、勘《かん》は鈍いとばかり思っていた。

まさか私のあの一言のせいで、未来人であることに気付かれるなんて。

「迂闊《うかつ》でしたわね、ユーリさん」

「あぁ……悪い」

小声でそう言ってくるリーゼの視線が痛い。

いや、少し考えたら気付けたはずだ。

裏のおじさん――それがウラノおじさんであることを。

ウラノ君は現在、子供にしか見えないけど、クルトが成長する頃にはおじさんと呼ばれる年齢になっているということだろう。

そうすると、クルトが生まれてくるのはまだまだ先ということになりそうだ。

どう答えるかと悩んでいると、ウラノ君はあっさりと言った。

「あぁ、大丈夫だよ。さすがにタイムパラドックスは怖いからね。事情がわかって用事が済めば、記憶を消す薬でも飲むよ」

「タイムパラドックス？　魔物の一種でしょうか？」

リーゼが尋ねた。

私も聞いたことがない言葉だ。

「タイムパラドックスっていうのは……たとえば、そっちのお姉さん――リーゼロッテさんだっけ？　リーゼロッテさんが過去に戻って、自分が生まれてくる前に母親を殺せばどうなると思う？」

「それは……私が生まれてこないことになりますわね。私の存在も消滅してしまいますわ」

実際はそれだけじゃないだろうな。リーゼの母親はグルマク帝国の王女であるから、大問題に発展するだろう。

「うん、そうだね。でも、もしもリーゼロッテさんが生まれてこなかったら、君は過去に戻って自分の母親を殺せなくなる。そうすると、リーゼロッテさんは生まれてくるよね。で、リーゼロッテさんが生まれてきたら、やっぱりお母さんが殺される。ね？　矛盾が発生する。これが親殺しのタイムパラドックスって呼ばれていたんだ」

「親殺しのタイムパラドックス……ね。ん？　そういう言葉があるってことは、この村では時間移動は可能なのか？」

まぁ、ハスト村だったら時間転移くらいできてもおかしくない。

「理論的には可能だよ。ただ、さっきの理由があって、過去に飛ぶことは禁止されているんだ。あ、これは村の独自ルールであって、国の法律じゃないから、お姉さんたちが裁かれることはないよ。というより、この村はどの国にも属していないからね」

ウラノ君はそう言って話を続ける。

「それで、タイムパラドックスが発生した時のことだけど、何が起こるかは僕にもわからないんだ。並行世界が生まれるだけかもしれないし、世界そのものが消滅するかもしれない。もしかしたら絶対に矛盾が生じないように世界から干渉されるのかもしれない……僕は臆病《おくびょう》だからね。とりあえず、君たちが元の時代に戻ったあと、僕は記憶を消しておくのさ」

今の話の内容はほとんど理解できなかったが、私たちが何かをしなくても、ウラノ君は時間遡行《じかんそこう》に関する問題を一人で解決してくれるそうだ。

「じゃあ、私たちが未来について何を話しても問題ないってこと？」

「そうなるね。たとえば明日僕が死ぬって未来をお姉さんたちが語ったとしても、僕は自分の記憶を消す。世界が消滅する可能性が一パーセントでもある以上、自分の命を助けるために未来を変えるなんて愚行《ぐこう》はしないから安心していいよ」

まだ幼いはずなのに、ずいぶんと達観してるな。

私とリーゼは顔を見合わせると、彼は信頼できそうだということで、事情を話すことにした。

まず、自分たちが、この世界の人たちから見て千二百年先の未来の人間であることと、私たちが何を調べにここに来たのかを説明する。

「ハスト村が消滅か……さっき自分の命と世界を天秤《てんびん》にかけることはしないって言ったけど、村全体と言われると心が揺らぐな」

「おいおい」

「冗談だよ、記憶は消すよ。それから、時の人工精霊については村にはいないよ。断言できる」

「誰かが黙って研究してるってことはありませんの？」

リーゼが尋ねた。

ウラノ君が把握《はあく》していないだけで、こっそり研究している人がいてもおかしくないというのは私も同意見だ。

「研究って……精霊なんて、作ろうと思えば誰でも作れるから、わざわざ研究するまでもないでしょ？」

ウラノ君が、「何言ってるの？」という目で私を見てきた。

勘がいい少年なので忘れていたが、彼もまたハスト村の住民なんだった。

そうか、誰でも作れるのか……

私たちが呆気《あっけ》にとられて何も言えないでいると、ウラノ君は言葉を続ける。

「ハスト村が消える理由もわからない。ただ、大賢者については知っている」

「本当ですかっ!?」

「うん、ちょっと待って」

ウラノ君はそう言うと、部屋の隅に置いてあった機械を操作し始めた。

それと同時に、隣の、無重力の部屋の方からなにか音が聞こえてくる。

「なにをしてるんだ？」

「ちょっとした設定の変更だよ。この部屋に来るまでに見たと思うけど、さっきまであの部屋にあったのは現在の太陽系の惑星の動きを見るための設備。今は、この世界の成り立ちについて知るための設備に作り替えているんだ」

この世界の成り立ち？

私たちは不思議そうにしていたが、「実際に見たほうが早いから」と言って、ウラノ君はそれ以上説明してくれなかった。

音が止まったところで、私たちは隣の部屋に向かった。

無重力空間で、うっすらとした光しかない部屋。

ただ、先ほどまでと一つ異なるのは、太陽が消え、別の球体が浮かんでいること。

「もしかして、これがこの世界なのか？」

「ですが、私たちが知っている地図と全然違いますわね」

私の言葉を受けて、リーゼがぐるっと球体の周りを移動して言った。

すると、ウラノ君があっさりと頷く。

「うん、これは、今から約三千年前のこの星の姿なんだよ」

「三千年？　そうか、三千年で大陸とか島が動いたのか……」

ミミコから聞いたことがある。大陸というのはわずかにだが動いていて、その動きに不具合が生じた時、地震が起こるんだと。

私は世界の姿が違うことに納得したが、ウラノ君は愉快そうに笑った。

「あはは、お姉さん、冗談がうまいな。大陸の動くスピードなんて、速くても年に数十センチだよ。三千年でここまで世界は変わらないって」

顔から火が出そうなくらい恥ずかしい。

リーゼが呆《あき》れた目でこちらを見てきた。

失敗したのはわかってるが、そんな目で見るな。

地学の専門家じゃないんだ、そんなことわかるか。

「今から凄いことが起こるから見ていてね」

ウラノ君に言われた通り、じっと球の表面の陸地を見る。

すると、陸地の一部に小さな黒い靄《もや》のようなものが浮かんだかと思うと、それは獣《けもの》のような姿になって世界中に広がった。

「なんなんだ、これ⁉」

「古代人は魔法晶石を使って、高度な文明を築いていたらしいんだ。でも、人々はその文明に頼ったせいで、個人が持つ魔力が次第に弱くなっていった。それで、人工的に膨大な魔力を持つ生命体を生み出そうとしたんだけど、一部の生命の制御に失敗。魔獣の姿になった。古代人はその魔獣を、神話で語られていた終末を告げる怪物の名前を使ってこう呼んだ。禁忌《きんき》の怪物と」

「禁忌の怪物……もしかして、ラクガ・キンキのことか」

「それって、クルト様が仰っていた……」

そうか、リーゼはラクガ・キンキが実在する魔獣であることを知らなかったのか。

「知っているの？」

「ああ……少しだけ。悪い、話を続けてくれ」

「うん。これを見て」

ウラノ君に促されて球を見ると、いつの間にか地面から、無数の細い針金のようなものが伸びていた。

その針金の先端から、今度は元の球体を覆うようにして大地が広がっていき、気付けば新たな大地と海にすっぽり覆われた世界が生まれていた。

そして、その世界に私は見覚えがあった。

私たちが知っているこの世界だったのだ。

目を見開く私達に、ウラノ君が解説してくれる。

「僕の研究によると、この世界は禁忌の怪物を封印するために新たに生み出された世界なんだよ。地上の隙間《すきま》を縫《ぬ》って、怪物の体の一部が地上に出てきたこともあったみたいだけど……どういうわけか、禁忌の怪物についても世界の成り立ちについても、ほとんど世間に伝わっていないんだ。ラピタル文明――古代人の遺跡に数点残っているだけで」

「驚きましたわ。世界がこのように作られていたのもそうですが、古代ラピタル人が地底人だったなんて……いえ、地底人ではなく、我々が天空人と呼ばれるべきなのでしょうか？」

リーゼがウラノ君の話を聞き、冷や汗を流しながら言った。

私も同感だが、ふと気になることがあり聞いてみる。

「このことは他の村人は？」

「うーん、言わない方がいいかなって。ほら、気味悪いでしょ？　普段僕たちがオリハルコンとか採掘している場所が、古代人が作った封印用のプレートなんて」

――っ!?

ミミコが言っていた。

この世界の地下五キロにとても硬い岩盤があると。

クルトが言っていた。

その岩盤の向こうでは、ミスリルが屑石と呼ばれるくらい採掘でき、さらにはオリハルコンなどの珍しい鉱石が山のようにあると。

なんてこった、その硬い岩盤とミスリルやオリハルコンの鉱石が、ラクガ・キンキを封印するための壁になっていただなんて。

「あの、話は大変よくわかりました――いえ、まだまだわからないことが多いのですが、それで大賢者の居場所というのは？」

リーゼが尋ねたが、私はもう大賢者の居場所について想像ができた。

「ラピタル文明の遺跡に残された文によると、元の世界と僕たちの世界の間には、とても硬い岩盤だけでなく、この世界とは断絶された空間があるそうなんだ。さっき球体から生えてた細い糸のような管の正体は塔で、元の地上とその空間、そしてこの世界を繋《つな》いでいる。資源や海水、マグマなどを、この世界に運ぶ役割を持っているらしい――そのシステムの名前が、大賢者システムって言うんだよ」

やっぱりそうか。

私が大賢者と顔を合わせた塔――この世界のどこにも、そんな塔があるなんて話を聞いたことがない。

あの空間こそが、その断絶した空間だったということだ。

なら、塔から見上げて、私が夜空と勘違いしたものは何なのか?

それはきっと、この世界の底にあたる部分だったのだろう。

その話を聞いて、リーゼが頷きながら呟く。

「空間的に断絶しているということは、単純に地面を掘っていっても塔に辿り着けるわけではない――そういうことですわね」

「そうだろうな。それだけで塔に辿り着けるなら、既に誰かが発見してるさ」

主にハスト村の住民が。

「では、どうすれば大賢者に会えるのでしょうか？」

「そりゃ、空間を超える手段があればいけるだろ」

具体的には、ラピタル文明の遺跡にあった転移石だ。

私はようやくあの転移石がどのように使われたのか理解できた。

先ほど、ウラノ君はこう言った。

資源は塔にある管を使って現在の地上――過去の世界からしたら天空に送られた。

なら、人や生物はどうやって移動した？

空を飛ぶ道具なんてさすがに古代人でも持っていないだろうし、きっと転移石で移動したのだろう。

空間をも超える転移石を使って。

あの遺跡の転移石は、いつか元の世界がラクガ・キンキから解放された時、戻っていくために残された移動手段なのかもしれないな。

「僕も大賢者には一度会ってみたいんだけどね。今でも塔のシステムが正常に動いているかどうか心配だし。でも、どうやって移動すればいいのかな」

リーゼがいるから、千二百年後も無事に動いていましたよとは言えないな。

ただ、ウラノ君に頼めば、転移石を調整して大賢者のもとに移動できるんじゃないか？

そう思った時、リーゼがあることに気付いた。

「アクリ――時の大精霊の転移の力を使えばその塔に行けるのではありませんか？」

私の思っていた手段とは全然違う。

しかしその言葉に、ウラノ君が目を見開いた。

「待って、リーゼロッテさん。さっき聞いた時の大精霊は、空間転移の力も持っていたの？」

「ええ、そうですわ」

どうしたんだ？

急にウラノ君が何やら考えこむ。

「……そうか……そういうことか」

ウラノ君はそう呟き、そして私たちの目を見る。

なんか、凄いことを考えている気がする。

頼むから、クルトみたいにとんでもないことを言い出したりしないでほしい。

無事に物事が終わればいいんだ。

最悪、何もわからなくてもいいから元の時代に戻れたら――

「僕の考えが正しかったら、お姉さんたちはもう元の時代に戻れないよ」

ウラノ君の言葉は、私のささやかな願いですら簡単に打ち砕いたのだった。

閑話　空気に合わない人たち

剣聖の里に設置された簡易宿舎、その前の庭に設置されたテーブルと椅子。

戦争の準備が着々と進められる中、私――シーナはその椅子に座ってため息をついた。

すると、隣で剣の素振りをしていた、「サクラ」のリーダーでもあるカンス兄さんが振り向いて言う。

「どうしたんだ、シーナ。ため息をつくとその数だけ……えっと、なんだっけ？」

「幸せが逃げていく――でしょ？　でも、ため息もつきたくなるわよ。私たちってなんでここにいるのって感じだし」

私たちと一緒にこの剣聖の里に来たのは、クルト、ユーリシアさん、リーゼロッテ様、アクリちゃん、マーレフィスに、宮廷魔術師のミミコ様と工房主《アトリエマイスター》のオフィリア様。そして辺境町を守護する騎士様たちと、ミミコ様が指揮するファントムという諜報《ちょうほう》部隊。

「アクリちゃんとマーレフィスはともかく、私たちって、明らかに浮いてるでしょ。特にファントムたちは、いわばレンジャーのプロよ？　同じレンジャーでも駆け出し冒険者の私なんて、ほとんど足手まといじゃない……ううん、路傍《ろぼう》の石よ、路傍の石」

「石は言いすぎだろ。って、私たちってなんだ？　たちって。俺だって敵が来たら戦うつもりだぞ！」

「まぁ、クルトの武器があるから邪魔にはならないと思うけれど――でも浮いてるよ」

もう一人の「サクラ」のメンバーであるダンゾウはいい。

彼が持っているのは刀ではあるが、剣と似ているし、実力も私たちより一つ抜き出ているから、剣聖の里の人たちに引けを取ることもない。

それに比べて兄さんは――

「ぐっ、確かに。騎士様たちもこの里の人も、全員剣か槍《やり》で戦ってるからな。格闘戦をしているのは俺くらいか」

そう悔しげに言った。

兄さんは元々剣を使っていたんだけど、今は篭手《こて》で相手を殴るスタイルだ。

そちらの方が性に合っているらしい。一応、今のように素振りはしているんだけど、それは剣技を鍛えるためではなく、筋トレの一環だという。

実際、剣の先には錘《おもり》がついていて、私だと持ち上げるのも困難だ。

「まぁ、あれだ！　枯れ木《かき》も山の賑わい！」

「自分で枯れ木って認めてるじゃない！」

私はそう叫び、ため息をつく。

なんでこんなことになってるんだろ。

私って、ほんの数カ月前までは小さな仕事をコツコツこなす普通の冒険者だったのに。

——世界には私の知らない何かがある。もしもその何かを見つけた時、どんな気持ちになるのか？

そんな思いから、私は冒険者になったんだけど、最近はこう思う。

——世界は私の知らないものだらけ。その何かを見つけた時、私は自分の無知を知るだけに終わる。

無知を知るのはいいことだって言われがちだけど、毎日毎日己の無知と向き合うのは本当に疲れる。いい加減にしてほしい。

「なんでこんなところに来ることになったんだろ」

「本当ですわね。いい迷惑ですわ」

そう言って、机の上にティーポットとカップを置いたのはマーレフィスだった。

「あなたの分はありませんわよ」

「別にほしいって言ってないし」

いちいち癪《しゃく》に障るこのエセ修道女は、カップに紅茶を注いで優雅に飲む。

「戦争も近いっていうのに、よく紅茶なんて飲んでいられるわね」

「あら、なにもしていないのはあなたも同じではありませんか。それに、私の仕事は戦いの本番と

「そのあとですわ。なにしろ私は法術師、怪我の治療が専門です。この里には法術師は一人もいないそうですから、族長のルゴル様も、私のことを頼りにしていると仰っていますわ」

……え？

なんてこと？　私の立場ってこのエセ修道女にも劣るっていうの？

いやいや、そんなことはない。

私だって仕事が――

「見つけた。そんなところでなにをしているんだ」

突然やってきたオフィリア様が、マーレフィスに声をかけた。

「げっ、オフィリア様」

「これから薬を運ぶ。手伝ってくれ」

「待ってください、今紅茶を飲んでいるので休憩が終わってから」

「待っていたら日が暮れてしまう。ミシェルが遺跡の前まで薬の原液を運んでいるから、それを運ぶだけだ」

薬を運ぶ雑用？

それくらいだったら――

「あの、オフィリア様。それでしたら私が手伝いましょうか？」

そう申し出たのだが、オフィリア様はなぜか申し訳なさそうな顔をした。

「ミシェルの作った薬の原液は扱いが難しく、専門の教育を受けた者にしか運べないのだ。マーレフィスならリクルトの町で雑用として使っていたからその心得もある。すまないな、シーナ。気持ちだけはありがたく受け取っておくよ」

オフィリア様はそう言うと、マーレフィスを引きずって転移石のある広場に向かった。

まずい、私の価値が、本当にマーレフィスに負けている。

「見つけないと！　私しかできない仕事！」

そう思って人が集まっている集会場の方に行くと、ミミコ様を見つけた。

「ミミコ様っ！　私にもなにかお手伝いできる？」

「シーナ！　ちょうどよかった、探してたの！」

え？　私を探していた？

「シーナにしか頼めない仕事があるの。頼める？」

私にしか頼めない仕事!?

「もちろんです。なんでもおっしゃってください」

「うん、クルトちゃんの部屋にアクリちゃんがいるんだけど、しばらく面倒を見てあげてほしいの」

「はい、わかりまし――え？」

アクリちゃんの面倒を見る？

それって――

「ほら、ユーリシアちゃんもリーゼ様も帰ってこないし、クルトちゃんも忙しいでしょ？　アクリちゃんをひとりにしておくのが心配で。よかった、シーナがいてくれて」

「は……はい」

「じゃあ、頑張ってね。頼りにしているから」

ミミコ様は私の背中をパンと叩《たた》いて送り出した。

なんだろ、私ってレンジャーだよね？

最近、ていうか前からずっとベビーシッターになっている気がする。

私はトボトボと、クルトの部屋に向かって歩いていった。

第2話　戻らぬ二人と消えたクルト

私――ミミコとアルレイド将軍、そしてルゴルの三人の指揮のもと、戦争の準備が刻一刻と進められていた。

決戦まで残り一週間となった今日まで、戦争の準備は刻一刻と進展している。

どんな塗料を使っても色が落ちて透明になってしまっていた城壁は、クルトちゃんが開発した特殊なインクのお陰で可視化されるようになった。

それによって、この剣聖の里全体が、ヴァルハとほぼ同じ程度の広さであることを再確認できた。

私の指示で持ち込んだバリスタなども、城壁の上に設置された。

そして、これまたクルトちゃんの力により、気球という空を飛ぶ乗り物が六つ用意された。

火の魔法晶石で空気を温めて温まった空気の力で上昇、風の魔法晶石で生み出した強風により移動できる。さらにクルトちゃんが作った気球だけあって、普通の剣では傷つけることもできないくらい頑丈にできている。

さらに、魔法銃の準備もできた。

元々クルトちゃん用の武器として開発された魔法銃だけれど、そのクルトちゃんには使えない代わり、クルトちゃんが魔力を充填《じゅうてん》することで彼以外なら誰でも手軽に使える戦略級兵器となった。

ただし、これも欠点が二つある。

まず、数が用意できないこと。

この魔法銃の基盤部分は元々他国の工房主《アトリエマイスター》の技術で作られたものであり、輸入数に制限がある代物だった。私がなんとか国王陛下に掛け合って用意できた数は、クルトちゃんに渡した魔法銃を除いて五丁。

だが、数以上の問題があった。

本来なら連射も可能なのだけど、クルトちゃんの魔力を充填して使用すると、二発目で基盤部分の魔法回路が焼き切れてしまうことが判明し、結果、大事な一丁が壊れてしまったのである。

その時、私は慌てなかった。

クルトちゃんなら魔法銃の修理も容易《たやす》いだろうと思ったのだ。それどころか複製さえも簡単にできるだろうと。

しかしそれが私の最大の失敗だった。

早速魔法銃の複製を始めたクルトちゃんだったが、突然倒れたのだ。

原因はすぐに理解できた。

実は事前に、魔法銃の技術は秘匿《ひとく》されたもので、そのため数が用意できなかったということを話していた。

しかしそんな魔法銃を分解したクルトちゃんが、簡単に仕組みを理解し、これなら複製も容易ではないかと思い至ったらどうなるか？

——そう、彼は気付いてしまったのだ。

自分の本当の能力の一端に。

それが五日前のことだ。

突然倒れたクルトちゃんを見たアクリちゃんはずっと泣き続け、シーナと一緒に看病を続けた。

クルトちゃんは四日前、つまり倒れてから二十四時間後には目を覚ましたけれど、魔法銃の修理を頼まれたあたりの記憶はすっかり失っていた。

「ごめんなさい、こんな大変な時期なのに眠っちゃって」

と申し訳なさそうにしていたクルトちゃんを見て、心が痛んだ。

クルトちゃんならなんとかしてくれるだろうと、頼り過ぎた結果だ。

私は魔法銃の修理を断念し、残り四丁の魔法銃を運用していくことにした。

数は四丁しかなく、クルトちゃんの魔力による高威力の弾は、少なくとも連発して撃てない。

これが魔法銃の欠点だった。

「はぁ……ユーリシアちゃんやリーゼロッテ様はうまくやってきたのに。なにしてるんだろ……本当に」

二人が過去に行って二週間が経過したけれど、いまだに帰ってくる様子がない。

代わりに、本来なら二人が帰ってくる予定だった時間の少し前に、とあることが起きた。

広場の岩が突然爆発し、中から一枚の金属の板が現れたのだ。

『愛しのクルト様と、愛する娘、アクリへ。私たちは無事、過去のハスト村に転移することができました。込み入った事情により、私とユーリさんはすぐに元の世界に戻ることができなくなりましたが、調査は順調に進んでいます。魔神王の軍勢が攻めてくるまでには戻りたいと思います』

というリーゼロッテ様からのメッセージが金属板に刻まれていたため、二人が無事に過去のハスト村へ辿り着いたことはわかった。

ちなみに、このメッセージの後には延々とさらにクルトちゃんへの愛が延々と刻まれていた。

金属に文字を掘る技術はホムーロス王国内にも存在するけれども、ここまで精密な文字を、しかも千二百年も先に爆発させることができる技術は、私の知る限り存在しない。

さすがはハスト村だと感心させられた。

老帝ヒルデガルドは『元の世界に戻ることができなくなりました』という言葉に責任を感じていたようだった。

けど、クルトちゃんは「二人が大丈夫だって言っているんだから、絶対に大丈夫だよ」と気丈に振る舞っていた。本当はクルトちゃんも心配しているだろうに。

魔法銃、帰ってこないリーゼロッテ様たちに続いて悪いことがもう一つ。

ルゴルの息子、ゴランドスが五日前に行方不明になったのだ。

原因はわからないが、ルゴルの家の備蓄の食糧の一部が無くなっていたことから、逃げ出した可能性が高いと思われる。

決して逃げ出すような息子ではない、すぐに戻ってくるはずだとルゴルは言っていたのだが、いまだに行方はわかっていない。

今のところ、ゴランドスの失踪による影響は表には出ていないが……彼は剣聖の里の若い剣士たちの纏め役のような立場であったため、少し心配である。

「ミミコ様、ニーチェ様からの報告です。敵の部隊を発見したとのことでした」

ファントムの一人、ユライルが現れて私に報告をする。

「今すぐ行くわ！」

どうやら休んでいる暇《ひま》もなさそうだと、私は会議室に向かった。


私が会議室に入ってしばらくすると、警備をしていたアルレイド将軍とジェネリク副将軍が会議室に現れ、先日とほとんど同じメンバーが揃った。

違うのは、クルトちゃんとゴランドスがいなくて、ニーチェがいることだ。

ニーチェはドライアド――木の大精霊であり、そして自分の枝を他の場所に植える――いわゆる接《つ》ぎ木《き》をすることにより、その場所に分身を作ることができる。

彼女は敵が攻めてくるであろう主要な場所八カ所に枝を置き、偵察《ていさつ》を行ってくれていた。

「ニーチェ様、早速ですが、敵の位置と構成を教えていただけますか？」

「はい。敵の位置は地図のB―Ⅵの地点を先頭に続いています。先頭はゴブリンライダーが三千」

ゴブリンライダーとは、狼《おおかみ》の魔物の背に乗るゴブリンのことだ。

騎兵のようなものだが、狼による縦横無尽《じゅうおうむじん》の動きに対処するのは難しく、ゴブリンの討伐難易度をはるかに上回る。

一匹でも討伐難易度Dといったところだろう。

それが三千となると、討伐難易度Sにもなる……いや、指揮を執る魔族がどこかにいるならば、それも上回る可能性すらある。

「その後方にゴブリンとオークの混成部隊。ゴブリンの数は三万。オークの数は五千。今のところ指揮官の姿は見えません。また、空にワイバーンゾンビが十頭」

「ワイバーンゾンビだってっ⁉　おいおい、ドラゴン系の魔物は今回の戦いに参加しないんじゃなかったのかよっ！」

ジェネリク副将軍が声を上げた。

ワイバーンは正確には竜ではないのだが、しかし竜の眷属ではある。

しかしそこで、ヒルデガルドが首を横に振った。

「私が言ったのは、魔竜皇の配下とその眷属は戦争に参加しないってことよ。ワイバーンゾンビなら、操っているのは魔神王の配下の死霊使い《ネクロマンサー》だから、いても不思議じゃないわ」

「ワイバーンゾンビなら、クルトの魔法銃で対処できるんじゃないか？」

アルレイド将軍が意見を述べた。

確かに、あの魔法銃の威力ならば、ワイバーンゾンビでさえも一撃で撃ち落とせるだろう。

しかしその案を却下するように、ヒルデガルドが言った。

「ワイバーンゾンビが十頭だけとは限らない。死霊使い《ネクロマンサー》の厄介なところは、素材さえあればいくらでも配下を生み出せるところにあるの。一度に操れるのが十頭だとしても、その十頭を打ち落としたら次の瞬間、新たに十頭のワイバーンゾンビが生み出されている可能性もあるわ。魔法銃は切り札であることを忘れないで」

「それなら、ワイバーンゾンビは私共が気球に乗って相手をいたしましょう。その間に、皆さまは死霊使い《ネクロマンサー》の居場所を探し出し、魔法銃を打ち込んでください」

ルゴルが言った。

「おいおい、相手は空にいる化け物で、こっちは狭い気球の中なんだぜ？　あんたたちがいくら剣の達人といっても――」

「安心なされ。我々の剣術は空《くう》をも切り裂く。それに、ワイバーンゾンビの攻撃を防ぐ術《すべ》は既に思いついている」

その術《すべ》というのはわからないけど……

「なら、死霊使い《ネクロマンサー》の捜索は私たちが行うわ」

私はそう言った。

私たちというのは、ホムーロス王国側という意味ではない。

私の部隊――ファントムと私自身でということだ。

アルレイド将軍たちは守備の要。おいそれと敵陣の中に入り込ませることはできない。

「ミミコ様、しかしそれはあまりにも危険なんじゃ――」

「ジェネリク、ここはミミコ様の意見に従おう」

私のことを心配するジェネリク副将軍を、アルレイド将軍が制する。

まぁ、私も一応は宮廷魔術師だし、この程度の修羅場、潜り抜けてきた数は片手の指では収まらない――さすがに両手の指ほどはないけれど。

それに、伊達《だて》にファントムを束ねる立場にいるわけじゃない。

ちょうどその時、鈴の音とともに扉がノックされた。

私が立ち上がって扉を開けると、そこにはファントムのカカロアがいた。

会議中だということは彼女も知っているはず。

それを遮るということは、よほど重要なことがあったのだろう。

「なにがあったの？」

私が短く尋ねると、カカロアは顔色を変えずに私に告げた。

「クルト様を護衛していたファントム二名が負傷、クルト様の行方がわからなくなりました」

その言葉で、会議室にいる全員が一斉に立ち上がった。

彼らの反応も当然だ。

クルトちゃんはこの戦争における重要人物であると同時に、ここにいる全員にとってとても大切な人物なのだから。

「待て、クルト様の護衛には里の者も一緒にいただろう！」

「その護衛の行方もわかっておりません」

ルゴルの問いに、カカロアは首を横に振る。

どういうこと？

ファントムもこの里の住民も、百戦錬磨《ひゃくせんれんま》の猛者《もさ》。簡単にやられるとは思わない。

そもそも、里の中に簡単に入り込めるような敵の諜報員がいるとも考えられなかった。

「今すぐ城壁の出入口を閉めて、誰も里から出さないで。転移石の警備も」

「勝手ながら、既にそのように指示を出しました。転移石及び城壁の警備をしている者に異変はありませんので、外に連れ出された可能性は低いです」

「俺たちも警備と捜索を行う。ルゴル殿、それとニーチェ殿も頼む」

アルレイド将軍が立ち上がった。

これは会議どころではない。

「わかりました。クルト様は我々にとって守るべきお方。里の者総出で探しましょう」

「私は里周辺に配置した分身を使い、念のため里の外の捜索を行いましょう」

ルゴルとニーチェも動いた。

ヒルデガルドも立ち上がり、黙って会議室を出ようとする。

「ヒルデガルド、あなたはどこに行くの？」

「会議どころじゃないでしょ？　クルトの誘拐が敵の攪乱《かくらん》である可能性を考えると、私はもう一人の重要人物——時の大精霊の護衛に行くわ。親が三人ともいなくなったら、彼女の精神が心配だもの」

「クルトちゃんが心配じゃないの？」

「………………」

ヒルデガルドは何も言わず、その場を去った。

愚問だったかもしれない。彼女がクルトちゃんを心配していないはずがないのだから。

それでも彼女は自分にできることをしようと必死になっている。

私は自分の心当たりを当たるしかない。

実は、あの場であえて言わなかったことがある。

それはクルトちゃんをさらった犯人のことだ。

ファントム二人と剣聖の里の二人、合計四人の護衛を排除するのは簡単にはいかない。一瞬で四人同時に仕留めないと、いくら広い里とはいえ大声を上げられたら助けを呼ばれてしまうからだ。

だが、もしも攻撃対象が二人でよかったら？

たとえば、剣聖の里の若者二人が裏切り、ファントム二人を同時に攻撃していたらどうなる？

いくら一流の戦闘技術を持っている彼女たちでも、仲間だと思っている二人からの不意打ちには対処できないだろう。

実際、ファントム二人は昏倒《こんとう》状態で見つかったそうだが、剣聖の里の二人は行方知れずで、怪しいと言えば怪しいのだ。

おそらく、私を含めたあの場の半数以上がその可能性に思い至っているだろう。

しかし、この場で仲間への疑念を口に出すことは、内側からの崩壊を意味する。

もしかしたら、この里に侵入した何者かは私たちが剣聖の里の住民を疑い共闘できなくするため、あえてクルトちゃんだけでなく、寝返った剣聖の里の二人を攫《さら》ったのかもしれない。

でも、剣聖の里の人にとって、クルトちゃんは護衛対象だ。

護衛対象を攫うために傷つけるようなことをするだろうか？

いや、場合によっては、クルトちゃんが自分でついていった可能性も考えなくてはいけない。

いずれにしても、クルトちゃんが無事である可能性は高いだろう。

そしてクルトちゃんの捜索に他の面々が動くのならば、今は私がするべきは、この里に迫る敵の指揮官を潰すこと。

私はそう考えて、ファントムに集合命令を出した。

◇◆◇◆◇

「クルト様、この階段は大変急になっておりますので慎重にお降りください」

剣聖の里で僕――クルト・ロックハンスの護衛をしていた人が、そう言って先導する。

薄暗く、そして狭い、地下に続く階段だった。

少なくとも、僕がここに住んでいた時はこんな階段はなかったはずなので、引っ越した後に掘られたのだろう。

僕が今ここにいるのは理由がある。

戦争に備えて食糧の備蓄を増やすため、畑を耕していたんだけど、突然、僕の護衛だった二人が、苦しみだして倒れたのだ。

それを見ていたらしい女性二人がどこからともなく現れ、彼らを介抱しようとしたその時、別の男二人――彼らも剣聖の里の若い男性だった――が、その女性たちを一撃で気絶させた。

あまりの早業で、一瞬、何が起きたのかわからなかったほどだ。

そして、二人の女性が気絶すると同時に、先に倒れていた護衛の男性二人が起き上がり、僕の口を塞いで近くの小屋に連れ込んだのである。

「クルト様に危害を加えるつもりはありません。どうか私たちについてきてください。我々はゴランドス様の命令で動いています」

彼は僕にそう言った。

「ゴランドスさんっ!?　無事だったんですか？」

「ええ。ゴランドス様は理由があって、皆さまの前から姿を消しました。詳しいことは直接お聞きください」

そして連れてこられたのが、この階段だ。

ということは、この先にゴランドスさんがいるってことだよね。

ゴランドスさんの行方はみんな心配してたし、ルゴルさんもこのことを知らないんだろう。

まもなく開戦しようというこの状況下において、この行動の意味を考える。

「あの……もしかして、皆さんは魔神王に寝返ったんですか？」

僕は意を決して、そう尋ねた。

だとしたら、なんとしてもこのことを他のみんなに知らせないといけない。

だが、僕を案内する彼は目を丸くし、そして思わずといった感じで笑った。

「ははは、確かにこのような状況で勝手に動けば、そう思われるかもしれませんね。失礼しました。ですが、安心してください。そのようなことはありません……あぁ、ただ、謀反《むほん》にはなりますね。はぁ……」

笑ったと思ったら今度はため息をつく。

謀反？

つまり、この機に乗じて族長の座を奪おうということ？

でも、会議室で話を聞いていた限り、ゴランドスさんは自分から権力を欲するようなタイプじゃなかった。

それに、僕を案内する二人にしてもおかしい。

謀反をする人間って、「自分は正しい！　正義のために行っている！」と思い込んでいるからやるわけでこんな風に嫌々働いているようなことにはならないはずだ。

何か事情がありそうな、そんな雰囲気を感じる。

階段を下りた先の広い部屋で、ゴランドスさんが立って待っていた。

「待っていました、クルト様」

怪我などもしていないし、拘束されている様子もない。

どうやら本当に無事だったようだ。

「ゴランドスさん。ルゴルさんが心配していましたよ」

「申し訳ありません、クルト様。本当なら私もこのようなことはしたくなかったのですが、どうしても準備をしなくてはならなかったんです」

「準備というのは？」

「この里の族長の座を父から奪うことのです」

やっぱり謀反……か。

視線を動かし、部屋を見回す。

ここはどうやら避難所のようで、かなり頑丈な造りになっている。

テーブルにはお茶を飲むためのカップが十個ほど置かれていて、椅子も同じ数だけある。

おそらく、謀反の参加者は僕をつれてきた護衛の二人と、彼らを介抱しようとした女性を襲った二人、そしてゴランドスさんの五人だけではない。

少なくとも、あのカップの人数は謀反に加担しているのだろう。

なんでこんな時に。

そして、やはり気になる。

謀反に参加しているにしては、ゴランドスさんに全然覇気《はき》を感じられないのだ。

「ゴランドスさんが謀反の首謀者……というわけではないのですよね？」

「ええ。私ではありません」

「でも、魔神王の手の者でもない……じゃあ、一体誰に従っているんですか？」

僕の問いにゴランドスさんが答えようとしたその時だった。
・・・
その声が奥の部屋から聞こえてきた。

「俺様だよ」

その高圧的とも思える声に、僕は身体が震えた。

信じられなかった。

だって、こんな場所にこの人がいるだなんて思いもしなかったから。

「ゴルノヴァさん！」

声とともに現れたのは、僕が所属していた冒険者パーティ、「炎の竜牙」のリーダーのゴルノヴァさんだった。

「久しぶりだな、クル。なんだ？　女装はもうやめたのか？」

「お久しぶりです。ゴルノヴァさん。どうしてここに？」

僕が尋ねると、ゴルノヴァさんは笑って手を前に出す。

握手を求めている？

僕は条件反射的にその手を握った――直後、腕を思い切り引っ張られ、壁に打ち付けられる。

顔から思いっきりぶつかってしまった。

「クルト様っ！　兄さん、クルト様になんてことをするんだ！」

「俺の質問に答えずに質問してくるこいつが悪いだろ」

詰め寄るゴランドスさんを、ゴルノヴァさんは笑って追い払う。

兄さん？

「ゴランドスさんはゴルノヴァさんの弟だったんですか!?」

壁にぶつかったせいでヒリヒリと痛む顔を手で押さえながら、僕は尋ねた。

「そうだ。俺様はこの里の出身で、次の族長にほぼ決まっていた。里を追い出されるまではな」

「里を追い出された？　ゴルノヴァさんが⁉」

「そうだ。まぁ、元々こんなつまんねぇ里に興味はなかったから、喜んで出ていってやったがな。それで冒険者として活動している時に出会ったのが、クル、お前ってわけだ。ゴランドスの奴に聞いて知ったんだが……なんだ、クル？　お前、この里の人間にとって守護すべき存在なんだってな？　お前が死にそうになった時、俺様が無意識のうちに身を挺《てい》して庇《かば》ってたのも、この里の呪《のろ》いってわけか。ふざけやがって」

ゴルノヴァさんはそう言って剣を抜いた。

「ああ、そうそう。クルが怪我をしそうになった時、俺様はお前のことを守ってやっていたが、俺自身はお前を殴ることができたよな？　なら、ここで殺すこともできるんじゃねぇか？」

「兄さんっ⁉」

ゴランドスさんが僕とゴルノヴァさんの間に割って入る。

「冗談だよ。それより、クル、命令だ」

ゴルノヴァさんは僕の顔を見て不敵な笑みを浮かべた。

謀反を起こそうとするゴルノヴァさんの命令――それに僕は息を呑む。

どんな要求をされるのかと身構えた。

「俺様のために飯を作りやがれ」

◇
◆
◇
◆
◇

「元の時代に戻れないっ⁉」

私――ユーリシアはウラノ君の言葉に思わず声を上げた。

ヒルデガルドの話では、二十四時間経過したら元の時代に戻れるはずだった。

もしかして、元の時代に戻れるのは精神のみが過去に行った場合で、肉体ごと過去に行った場合はダメなのか？

「それってどういうことですか？」

リーゼは私と違い、冷静な様子で尋ねた。

「あくまで僕の予想だけどね。お姉さんたちは時間移動じゃなくて、時間転移なんだと思う」

「時間移動と時間転移って違うのか？」

「全然違うよ。時間移動っていうのは、通常とは違うベクトルの亜空間に移動して、そこから出るんだ。本来の時間の流れを上から下に流れていく川だとすると、上に向かって流れる川の船に乗って過去にやってくる感じかな？」

よくわからないが、みんな前向きに歩いているのに私だけ流れに逆らって移動するみたいなことか。

「でも、本来の流れと別方向に進むと、反動が生じるんだ。伸ばしたゴムを離すと元の形に戻ろうとするようなものかな？　お姉さんたちが元の世界に戻れるっていうのは、その反動によるものなんだけど……時間転移だと、その反動が発生しない。流れに逆らって移動したわけじゃなく、流れを無視して一気に川の上流にジャンプしちゃったようなものだから。そして、今回過去に来るのに使ったのが空間転移の力を持つ大精霊だっていうのなら、やっぱり時の大精霊じゃなくて、時空間の大精霊――その力を使っているのなら時間転移をしているってことになる」

理屈はよくわからないが、元の時代に戻れないことだけはわかった。

「どうするんだよ……元の時代に戻れないって」

「まぁ、慌てないで。あくまでこれは僕の説で、正しいと決まったわけじゃないんだから」

いや、慌てるよ。

ウラノ君だって、幼いとはいえハスト村の住民であることには変わりない。

その彼が唱えている説だ、間違えているはずがない。

「そうだ！　都会に行けば、この田舎の村なんかよりも精霊について詳しく研究している人がいるかもしれないよ！」

ウラノ君が気休めを言うが、ハスト村以上に人外の研究をしている人なんているはずがない。

結局、私たちは大賢者に関する有力な情報を得られたが、それ以上に最悪の情報を持って研究所を後にすることになった。

ウラノ君は別れ際、私たちのために、元の時代に戻る方法を考えると言ってくれた。

しかし、この先どうしたらいいのか。

「なぁ、リーゼ。さっきから……というよりこの時代に来てからあんまり喋《しゃべ》らないけど、どうしたんだ？」

地上に向かう階段で、私はそう尋ねた。

さっきも、リーゼはとても冷静だった。

普通、元の時代に戻れないとわかれば、もっと取り乱すものだろう。

「下手したらクルトにはもう会えないかもしれないんだぞ」

「それはわかっているのですが……どうも妙なのです」

「妙ってなにが？」

「私はクルト様と出会ってからというもの、クルト様と離れると心臓がドキドキし、過呼吸が始まり、気分を落ち着けるための瞑想《めいそう》をしても頭の中がクルト様で埋め尽くされ、正常な状態になるまで三時間ほどの時間を要するようになってしまったのですが」

それは重症だ。名医でも匙《さじ》を投げるだろう。

「それが、どうも変なのです。ずっとクルト様の気配をどこかに感じているというか、近くにいるような気分というか」

「うーん、ハスト村の空気のせいじゃないか？」

少なくとも、この村の住民はクルトという名前の少年について心当たりはないという。

土地は広いけど建物が密集しているわけでもないし、住民全員が顔見知りであるだろうから、クルトがこの時代にいないのは明白だ。

「うーん、そうなのでしょうか」

リーゼが首を捻《ひね》って考える。

やはり気味が悪い……まぁ、下手に暴れられるよりはマシなんだが。

そんなことを話しながら地下施設を出た私たちを待ち受けていたのは、鳴り響く鐘《かね》の音だった。

「なんだ、この音」

「警鐘《けいしょう》でしょうか？」

リーゼが周囲を見回して言った。

まだ辺境町がヴァルハという名前になる前の頃、スケルトンの大群に襲われた時にもこんな鐘が響いていたっけ。

「ユーリシアさんっ！」

すると、ニコラスが私の名前を呼んで駆け寄ってきた。

「大変だ！　村に魔物の群れが迫っている！」

「なんだってっ!?」

「急いで逃げるんだ！　魔物が迫ってくる反対方向に逃げれば助かるかもしれない」

「助かるかもって……あんたはどうするんだ？」

「戦う……つもりでいる」

そう言うニコラスの声は震えていた。

武者震いではない。

死を恐れている者のそれだ。

「でも、僕たちでは絶対に勝てない。これまで何度か魔物の襲撃を受けてきたが、今回の魔物の数は桁《けた》が違う。ゴーレムを配備してはいるが、おそらくこのままでは村は滅びるだろう」

滅びるっ⁉

まさか、現代にハスト村が残っていない理由って、これが原因か⁉

いやいやいや、待て待て待て。クルトがまだ生まれていないのに、村が滅びるっておかしいだろ⁉

少なくとも、クルトが生まれてから、この場所でヒルデガルドと出会い、その後シーン山脈に村ごと引っ越しているはずだ。

「もしかして――私たちがこの時代に来たことで、歴史が変わってしまった？」

リーゼが恐ろしいことを呟く。

そんなことがあってたまるかっ！

そうだ、ここでクルトが生まれてこなかったら、私たちはクルトと出会わないことになってしまう。当然アクリと私たちも出会わないし、ヒルデガルドを助けることもない。それどころか、リーゼは呪いで死んでいただろう。

すると、私たちは過去に来ることもなく、歴史が変わることもない。

これは、ウラノ君が言っていたタイムパラドックスってやつだ！

なら、ここで村が滅びることはない……はずなのだが。

私はニコラスを見て、頷いた。

「私が行く。リーゼ、お前は――」

「当然、私も行きますわ。魔法で援護くらいはできます。魔力が尽きても弓矢があります」

そうだよな。

クルトが生まれてこなくなるかもしれないって時に、黙って待っていられるような女じゃない。

「そんな……危険過ぎる。君たちはこの村とはなんの関わりもないんだから」

「修羅場は潜り抜けてきた。それにこの村と関わりがないなんてことはないさ」

あぁ、そうだ。

私は何度もこの村に――クルトに助けられてきた。

祖母の形見の山を手放しそうになった時も、悪魔と戦った時も、ローレッタ姉さんに結婚させられそうになった時も。

もしかしたら、私たちがこの時代に来た理由は、その恩返しのためなのかもしれない。

「正直、助かるよ」

ニコラスはそう言うと、魔物の群れが現れたという方に向かった。


私たちが村を囲む透明な城壁の外に出た時、村人の表情は絶望に染まっていた。

全員、鍬《くわ》や鋤《すき》などの農具を構えているが、腰に力が入っていない。

私よりも何倍も大きなゴーレムが何十体も配備されているが、まったく動く気配がない。

焦った村人の一人が、ゴーレム一体に突撃を命令する。

すると、ゴーレムは魔物の群れに近付く前に躓《つまず》いて転び、動けなくなった。

「くそっ、まただ。やはり俺たちの力じゃ魔物には敵わないのか」

いや、敵わないって問題じゃなくて、そもそも戦えていない。

クルトが使おうとしていた魔法銃と一緒だ。

本来なら強大な力を持つゴーレムでも、ハスト村の人間が操作すると戦闘には向かなくなる。

「さて……どうしたものか」

私はそう言ってため息をついた。

なにしろ、敵が敵だから。

「なぁ、あれって――」

私は目の前にいる敵を見て、近くにいた鍬を持っている青年に尋ねた。

「見ればわかるだろ！　魔物の群れだ！」

「そりゃそうだけど」

確かに魔物は魔物だし、群れと呼んでいいかもしれない数だが――しかし全部ゴブリンだった。

数は十五匹。子供のゴブリンもいることから、他の魔物に縄張りから追い出されたゴブリンが群れごと移動してきたのだろう。

「いつもなら多くても三匹程度なのに」

「十五匹も現れるなんて、村は終わりだ」

……あぁ、うん。

確かに桁違い、文字通りに桁が違うな。

私は愛刀の雪華《せっか》を抜き、ゆっくりゴブリンの方に歩いていく。

「ひとりで突っ込むな！　危ないぞ！」

「命を粗末にしないで旅人さん！」

背後から声が上がる中、ゴブリンは私に襲いかかってきた。

私は普通に雪華を振り下ろし、ゴブリンを倒す。

五匹倒したところで、他のゴブリンは逃げ出した。

逃げていくゴブリンの背に、リーゼの放った矢が刺さり三匹ほど仕留めた。魔法を使うまでもなかったようだ。

「……奇跡だ」

誰かが呟いた。

直後、村人たちから大歓声が巻き起こった。


私たちは瞬《またた》く間にハスト村の英雄《ヒロイン》となり、昼間だというのに村の集会場で大宴会となった。

豪勢な食事が次々に並べられる。

お酒も並んでいるのだが、みんなお茶を飲んでいた。

どうやら、この酒は私たちのために用意されたらしい。

不思議に思ったので聞いてみる。

「皆さんはお酒を飲まないのですか？」

「ええ。皆、酒は好きなのですが、ちょっと村で議論になって喧嘩《けんか》になったことがあったので」

「へぇ、どんな議論なんですか？」

「よくある話なんですよ。ワインは何年寝かせたら一番美味しいのかって」

確かによくある話だ。

そんなことで喧嘩になるとは、ハスト村も普通なところがあるんだな。

「私は百年くらい寝かせたら十分だと思うんですけどね」

……規模が全然違った。

よく知らないんだけど、ワインって百年も寝かせて大丈夫なのか？

「そういうわけで、うちの村ではしばらく酒は禁止になっているんです。あぁ、お二人は遠慮なく召し上がってください」

私たちだけ酒を飲むのは憚《はばか》られたので、皆に倣《なら》ってお茶をいただくことにした。

驚くことに、ここの料理はクルトが作った料理よりも美味しかった。

この村唯一の食堂を経営するおばちゃんが、一人で作ったらしい。

「同じ種の鳥でも飛ぶ速度に差があるように、同じハスト村の住民でも得意不得意で差が出るってことか」

私は蓮根《れんこん》らしき野菜の炒《いた》め物を食べてそんなことを呟いた。

「リーゼさん、弓矢の扱いお上手なんですね。私たちも狩りのために使った弓矢があるんですけれど、全然使えなくて」

「そうなのですか？　これはかなり立派な弓矢に見えますが」

「作るのは得意なんですけど、弓を引くのが苦手で」

「試射してみてもいいですか？」

「はい、どうぞ。誰か、的を用意して」

「ああ、これでいいか？」

何も置かれていなかったテーブルを立てて、とある男性が一瞬でゴブリンの絵を描く。あれは村を見て回った時に、一瞬で写実画を描いていた人か。

リーゼは弓を構えると、矢を放つ。

一直線に飛んでいった矢はゴブリンの絵の眉間《みけん》に突き刺さり——机が木《こ》っ端《ぱ》微塵《みじん》に弾け飛んだ。

おぉ、見事に命中。

「って、矢が当たって机が弾け飛ぶかっ⁉」

私は思わず叫んでいた。

普通、矢が当たっても突き刺さるだけだ。

鏃《やじり》に魔法晶石でも仕込んでやがったのか？

「そうか？　前に行商人さんに試射してもらった時も弾け飛んだぞ」

「岩も弾け飛んでたな」

「よくある話じゃないのか？」

村人たちが口々に、今の現象について「よくあること」の一言で片付けやがった。

あぁ、もう、この村の奴らときたら。

「おーい、ユーリシアさん。リーゼロッテさん。さっき話してた行商人の方が来たよ」

ニコラスがそう言って、集会場の入口から私に声をかけた。

その行商人を見て、私は思わず身構える。

なぜなら、その男は紫色の髪に頭から角が生えている——魔族だったから。

だが、村人たちは彼が魔族であることを気にしている様子もないし、彼も魔族であることを隠そうとする様子もない。

行商人は、にこやかな顔で近付いてくる。

「はじめまして。私は村の皆からは行商人さんと呼ばれているので、お二人もぜひそう呼んでください。近くのラプラドという町を拠点に行商人として活動していますので、この辺りの地理については詳しいつもりです」

「あぁ、わかったよ、行商人さん。私はユーリシアだ」

「リーゼロッテと申します。お忙しい中、お時間をいただきありがとうございます」

「いやいや、村のみんなに聞いたよ。なんでもゴブリンを追い払ってこの村を救ってくれたとか」

行商人さんはそう言って柔和《にゅうわ》な笑みを浮かべた。

とりあえず、敵意はなさそうだ。

そうだよな、ここは千二百年後には魔族の領土のど真ん中になっているんだ。

魔族が行商人として訪れてもなんら不思議ではない。

私は警戒を解除した。

「村の恩人であるお二人に是非とも協力させてください。私に聞きたいことがあると伺《うかが》ったのですが、なんでしょうか？」

「ああ、この村の周辺の地理についてな」

本当はそれどころではないんだが。

「なるほど。そういうことでしたら私の得意分野ですね。ここは料理が多くて地図を広げられそうにありませんから、あちらで話しましょう」

行商人さんはそう言って、私たちを奥の部屋に誘った。

私たちが部屋に入ると、彼は宴会場から持ってきた飲み物をテーブルの上に置き、そして静かに尋ねた。

「それで、あなたたちは何者ですか？」

彼はそう尋ねた。

あまりにも突然のセリフだ。

「それは、どういう意味で仰っているのでしょう？」

リーゼが尋ねた。

「この村の周辺には結界が張られていて、本来であれば簡単には立ち入ることができないんですよ。にもかかわらず、あなたたちは当然のようにこの村にいる。だが、教会の手先にも見えない」

どうやら、この行商人さんは私たちが思っていた以上に情報通のようだ。

ハスト村の秘密を、村の住民以上に詳しく知っているのだろう。

「……わかりました。すべて正直に答えますが、その前に質問してもよろしいでしょうか？」

リーゼが尋ねた。

「なんでしょう？」

「この村にあなた以外の行商人が訪れることはありますか？」

「……いえ、ここに来るのは私だけです」

「なら、ヒルデガルドという名前に心当たりは？」

リーゼの質問に、彼は露骨《ろこつ》に驚きこそしないが、一瞬目を細めた。

それが答えだった。

彼はヒルデガルドの父親なのだろう。

ヒルデガルドがハスト村を訪れた行商人の娘であるということは、クルトから聞いていたからな。

ただ、ヒルデガルドが生まれているということは、クルトが生まれるのも思っているよりすぐなのかもしれない。

確か、クルトとヒルデガルドの年の差は元々二歳くらいだったそうだから、今日や明日ということはないだろうけど、遅くても来年か再来年に生まれる感じかな。

「娘の名前を出して、どういうつもりですか？」

「いえ、私たちをここに来るように仕向けたのは、そのヒルデガルドさんなのです」

タイムパラドックスとやらの恐れはあるが、それでもリーゼは彼に話をすることにしたようだ。

こういう思い切りのよさは賞賛《しょうさん》できるが、少しは事前に私に相談してほしい。

それからリーゼが事情を話すのを、ヒルデガルドの父親は黙って聞いていた。

「……俄《にわ》かには信じられません。娘が千二百歳になっているだなんて……」

「まぁ、私も直接会っていなければ信じられませんが、これは真実です」

「ひとつ教えてください。娘は幸せそうでしたか？」

その質問に、私とリーゼは顔を見合わせた。

「直接本人に聞いたわけじゃない。やっぱり不老ということでいろいろと苦労もあったそうだが、まぁ、全部が不幸だったってことはなさそうだ。不老についても、クルトが何とかしてくれると思う」

「それに、クルト様に千二百年ぶりに再会できたのです。クルト様と一緒にいられて不幸だなんてことはありません」

「そうか……それを聞いて安心した。私は間違えていなかった」

彼はそう言って、安堵の笑みを浮かべると、立ち上がった。

そんな彼に、リーゼが尋ねる。

「教えてください。先ほど、あなたは私たちのことを教会の手先にも見えないと仰いました。つまり、教会の人間がこの村に入り込む理由があるということですか？」

「ポラン教会という組織をご存知でしょうか？」

「ええ。千二百年後にも存在しますので。表向きは立派な宗教団体ですわよ。いささか権力を持ちすぎている感じがしますが」

表向きという言葉を強調してリーゼはそう説明した。

それにしても、ポラン教会の名前がここに出てくるとは。

確かにポラン教は、この世界で自然信仰の次に発生した宗教であり、その歴史は三千年以上あると言われている。

リーゼはポラン教会のトリスタン司教に殺されそうになったことがあり、それはポラン皇国の指示だったことも、ある程度の状況証拠が集まっている。

この時代で名前を聞くことそのものは不思議ではないが、妙な縁があるようだ。

「理由はわかりませんが、ポラン教会はハスト村を探しているようなのです。そして同時に、滅ぼそうとしている。もしかしたら千二百年後にハスト村が存在しないのには、ポラン教会が関わっているのかもしれません」

あくまでも推測か。

まぁ、これで私たちが集めようとしていた情報のひとつ、ハスト村が消滅した理由の手がかりが掴《つか》めた。

「……ふふ……ふふふふふふ……私だけでなくクルト様の故郷まで……これは本格的にポラン教会と敵対する必要がありそうですね」

リーゼが不敵な——というより恐ろしい笑みを浮かべる。

本当にヤバイんじゃないか？

リーゼを放っておいたら、ホムーロス王国とポラン皇国の間で全面戦争になりかねない。

そんなことを考えながら、ふと気になったことがあったので行商人に尋ねる。

「それより、あんたはいったい何者なんだ？　なんでそこまで事情に詳しいんだ？」

「それは、私があなたたちが調べているという大賢者様の弟子のひとりだからです」

「「……っ⁉」」

ここにきて、バンダナ、私の祖母、リーゼの母であるフランソワーズ様に次ぐ、四人目の大賢者の弟子が登場した。

「そんなにあっさり話していいのか？」

「ええ、問題ありません。ユーリシアさん、リーゼロッテさん。実は私は、あなたたちのうちどちらか一人を連れてくるように、大賢者様から命を受けているんです」

「……つまり、あんたは最初から私たちの正体を知っていたというわけか？」

「いえいえ。私が知っているのはあなたたちの特徴と名前だけですよ。あなたたちが未来人で、娘の友人であることなど知りませんでした。だからこそ質問したんです」

ヒルデガルドの父親はそう言って首を横に振った。

「二人揃って大賢者と会うことはできないのか？」

「どちらか一人だけです。大賢者様に会うための魔道具が、私の分ともう一人分しか用意できていないので」

彼が申し訳なさそうに言う。

「なら、私が――」

「私が行こう」

リーゼを制し、私は一歩前に出た。

大賢者の言う通り、私がこの時代で大賢者の弟子になったというなら、私が行かなければならないだろう。

「ユーリさん、なんで」

「悪いな、リーゼ。ここで私が行かないと、クルトが生まれてこないかもしれないらしいんだ」

「……詳しく話……ができるならユーリさんはとっくに話してくれているでしょうね」

まぁ、本当は私も詳しい話はわかっていないんだが。

千二百年後の時代に大賢者に会って、そんなことを言われただけなんでな。

私はヒルデガルドの父親と二人で、部屋を出た。

「行商人さん、それにユーリシアさんもどこかに行くのかい？」

「ええ。ちょっとユーリシアさんと外の空気を当たりに」

「そういうことでね……あれ？　そういえばニコラスさんは？」

さっきまでいたニコラスの姿が見当たらなかったので、そう尋ねる。

「ニコラスなら家に帰ったよ。あいつは奥さんが一番だからな」

「そうだな。特にこの時期は大事にしてやらないとな」

どうやら、ニコラスは帰ってしまったらしい。

どうでもいいはずなんだけど、どこか寂しく思えた。

集会場を出て、広場に向かう。

確かここは、千二百年後には転移石が設置されていたはずだが……今は何も置かれていない。

「ユーリシアさん、これを」

ヒルデガルドの父親が渡してきたのは、一つの鈴だった。

「これは？」

「召喚の鈴と呼ばれる魔道具です。これを持っていると、特定の場所で、ある空間に作用することができます」

「大賢者の塔に転移することができるってことか？」

「いいえ、この召喚の鈴が鳴った時は、大賢者様が呼んでいるということになります。その時に、特定の場所にいると――」

彼がそう言った瞬間だった。

いや、時間で言うなら瞬きをする間もなかっただろう。

私は気付けば、見覚えのある部屋にいた。

千二百年後にも行ったことのある塔の中の部屋だ。何一つ変わっていない。

周囲には、ヒルデガルドの父親も、リーゼもいない。

私一人だ。

私は部屋の端に行く。

壁のない部屋からは、青空が見えている。

「変な場所だと思っていたが、まさかここが元々私たち人間の住んでいた世界だなんてな」

ウラノ君の話を確認するように空を見上げる。

前は夜空が広がっていると思ったが、今はそれが間違いだと知っている。本来夜空にあるべき、星々の煌《きら》めきがないからだ。

暗い空だから夜空だと思い込んでいた。

と、以前ここに来た時と同じように、誰かが階段を降りてくる音が聞こえた。

どうやら大賢者のお出ましのようだ――そう思ったが、違った。

「よく来ましたね。待っていましたよ」

そう言って現れたのは、私の知っている人物だった。

そこにいたのは「炎の竜牙」のレンジャーで、私たちの前に現れては謎の動きを見せていた――

「バンダナっ⁉」

ローブに身を包み、長い髪を後ろに束ねているが、しかしその顔は私が知っているバンダナと瓜二つ――いや、同一人物としか思えないほど本人そのものだった。

なにより、頭に同じバンダナを巻いている。

大賢者が言うには、バンダナも大賢者の弟子らしいのだが、しかしここは千二百年前のはずだ。

なんで彼女がここにいるんだ？

「バンダナ？　これがそんなに珍しいですか？」

彼女はそう言って、頭に巻いているバンダナを指でチョンチョンとつついた。

……自分の名前だと思っていない？

いや、確かに本名じゃなさそうだったが……というか、こいつ、私のことを知らないのか？

「あぁ……あんたの名前は？」

「私は生まれてすぐに本当の親に捨てられ、大賢者様に拾われました。大賢者様は名前を付けてくださっていませんので、名前はありません」

「それは悪いことを聞いたね」

「いえ、大賢者様に拾われたことは幸せですから。おかげで様々なことを学ばせていただきました。そういうわけですから、私のことはどうぞご自由にお呼びください」

「あぁ……確認するが、私とは初対面だよな？」

「……？　はい、そのはずです」

私とは初対面と言う彼女。

だが、やはり見れば見るほどあの女と同じ顔にしか見えない。他人の空似ということはないだろう。

とすると、やはりこいつは過去のバンダナで、千二百年後も生きているというわけか？

あり得ない話ではない。

ヒルデガルドだって子供の姿のまま千二百年過ごしてきたのだから。

少なくとも、私と同じように時間遡行して、初めて会ったふりをしているよりは現実味がある。

……時間遡行とか不老とか異次元とか元の世界とか、全部現実味のない話ばかりなんだけどな。

本当に現実的な話をすれば、他人の空似となる。

「……悪い、変なことを言った。じゃあ、あんたのことはバンダナって呼ばせてもらうよ」

「はい、それで構いません」

「私の名前は――」

バンダナに自己紹介をしようとして、私はふと考えた。

こいつに自己紹介をして大丈夫なものかと。

タイムパラドックスとか起きたら困るよな。

ここは名乗らない方が――

「ユーリシア様ですね。大賢者様より伺っています」

バンダナはそう言った。

あ……全部お見通しというわけか。

この様子なら、私が千二百年後の未来から来たことも知られているんだろうな。

「あぁ、その通りだ。バンダナが私を大賢者様のところに案内してくれるのか？」

「はい。ですが、その前にユーリシア様の実力、試させていただきます」

バンダナはそう言うと、ローブの下から二本のショートソードを出し、いきなり襲いかかってきた。

金属と金属のぶつかる音が響く。

「——っ!?」

考えるより先に体が動いていて、思考が体に追いつく。

速い。

まさに間一髪だった。

私の抜刀が一瞬でも遅ければ受け止めきれなかっただろう。

私は雪華を握る腕に力を込め、バンダナをはじき飛ばす。

「おや、手加減し過ぎましたかね」

彼女は笑顔でそう言った。

あれで手加減していたなんて嘘《うそ》だと思いたいが、それが嘘ではないのはすぐに理解できた。

それからしばらくの間、剣と刀がぶつかり合う音が塔に響く。

バンダナの剣は徐々にその動きを速めていき、私は反撃の糸口さえつかめず、防戦一方になっていた。

双剣使いとは何度も戦ったことがあるが、二本の剣を同時に操ると動きが単調になってしまうため、剣の動きを読むことはたやすい。剣の動きを読むことができれば、たとえその速度が凄まじくても負けることはない。

だが、それは普通の使い手ならばの話で、バンダナの動きはそうではない。

まるで二人の剣士と戦っているかのように、それぞれ別の動きを見せる。

それなら――っ！

私は先に迫りくる一本の剣を受け流す。受け流した先を調整し、もう一本の剣でこちらを攻撃できないように工夫して。

「――っ！　急に動きがよくなりましたね」

「ああ、もう面倒なことを考えるのをやめて、最初から一対二のつもりで戦うことにしたのさ。それなら何度も経験があるんでな」

王家直属冒険者だった頃は、一対二どころか、一人で盗賊団を壊滅させる任務などにもついていた。

むしろ、一対一での正々堂々の戦いなど、武道大会でチャンプと戦った時くらいしか記憶にない。

エレナとも一対一で戦ったが、あれは相手がゴーレムだし、変な武器を大量に仕込んでいたので正々堂々とは言えない。

「それなら、本気の速度で行きます。次の攻撃を止めることができれば、合格といたしましょう」

「ああ、こっちも本気で行かせてもらうよ」

私はそう言って、雪華の柄を強く握りしめ、そして気付いた。

あぁ、そうだ、これは一対二の戦いじゃなかったな。

バンダナが動くと同時に私も動いた。

——私とバンダナが交差する。

その瞬間、頬に鋭い痛みが走った。

どうやら完全には避けきれなかったようだ。

振り返ると、バンダナは笑っていた。

私は彼女を視界に納めたまま、天井に視線を送る。

弾き飛ばしたバンダナの剣のうちの一本が、そこに突き刺さっていた。

「まさか、私の攻撃をよけるどころか、剣の一本を弾き飛ばすとは。一対一の戦いで負けたのは初めてです。いえ、あなたに言わせれば一対二でしたか」

バンダナは肩をすくめてそう言った。

でも、実際はそうではない。

この戦いは、一対二ではなく、二対一だった。

なぜなら、私とこの雪華を鍛えたクルト、二人での戦いだったからだ。

もしも武器が雪華ではなく普通の長剣だったら、その重さのせいでバンダナの攻撃の瞬間に合わせて剣を振るうことはできなかっただろう。

「武器の差だよ。同じ武器を使っての戦いだったら、どっちに軍配が上がっていたかわからないさ」

「その言葉、素直に受け取っておきましょう」

バンダナは私の言葉に微笑むと、跳躍して天井に突き刺さった剣を抜き、両方の剣を鞘《さや》に納めた。

前に未来で会った時は、いろいろと裏で画策する面倒そうなやつだと思っていたが、この時代の彼女は結構清々《すがすが》しい性格をしていたようだ。

「ついてきてください。大賢者様は上の階にいらっしゃいます。剣は納めてくださいね」

「ああ、もちろんさ」

私は雪華を鞘に納め、バンダナの案内で階段を上がっていった。

上の階に行くのは初めてだ。

大賢者を名乗るくらいだから、その部屋は本だらけだったり、実験器具だらけだったり、はたまた色とりどりの宝石がちりばめられた金碧輝煌《きんぺききこう》なものだったりするかもしれない。

だが、階段を上がった先にあったのは、小さく素朴《そぼく》なベッドと椅子、机があるだけの質素な部屋だった。

バンダナの部屋かもしれないと思ったが、ベッドなどの家具の大きさは彼女には合っていない。

おそらく、私に背を向けて椅子に座っている、彼女のものだろう。

「大賢者様、ユーリシア様を連れてまいりました」

「ご苦労様です」

そう言って、大賢者は椅子を引いて私の方を向いた。

――違う。

私が以前会った大賢者は赤い髪の少女だったが、今の彼女はそれより少し背の低い、青い髪の少女だった。

別人か？

彼女は私の目をじっと見る。

「……やっと」

そしてそう言って、俯《うつむ》いた。

なんだ？　震えている？

私が怪訝《けげん》に思っていたら、彼女はすぐに顔を上げた。

「試すような真似をして申し訳ありません。どうぞお座りください」

大賢者がそう言うと同時に、私の横に椅子が現れた。

不思議なことに慣れた私は、逡巡《しゅんじゅん》したのち、素直に椅子に腰かけた。

「お待ちしておりました。本当でしたらリーゼ様もお呼びしたかったのですが」

少女は残念そうにそう言った。

「リーゼのこともお見通しか。なら、今からでも呼んでもらっていいんだよ？」

「いえ、彼女には彼女の役目がありますから」

「役目……か。そうすると、一人しか呼べないとあの行商人に伝えた時、私が来ることもわかっていたんだな」

「はい。聞いていましたから」

「誰から？」

私の問いかけに、行商人は首を横に振る。

「……今は、それをお話しすることはできません」

「なら、何を教えてくれるんだい？　大賢者様」

何も教えてくれない大賢者に対し、私は苛立《いらだ》ちを隠さずに言う。

「ユーリシア様。お客人とはいえ、大賢者様に対し、いささか無礼ではありませんか？」

そんな私の態度を見て、バンダナが鋭い視線を向けてきた。

「いいのです。本当に申し訳ないと思っているのですから」

大賢者はそうバンダナを宥めてから、再び口を開く。

「そうですね、まずは私の正体について話をしましょう……その前に、ユーリシア様。私の姿は千二百年後に会った姿と違いますか？」

「……違うね。私が会ったのは赤髪の少女だった。それと、もう少し年上に見えた」

どこからどう見ても別人にしか見えないが、しかし声質や喋り方は私が知っている大賢者と同じである。

「なるほど——このような姿でしょうか？」

そう言うと、大賢者の姿が変わった。

それはまさに、私が出会った大賢者その人だった。

「自由に姿を変えられるのか？」

「この姿は幻影なのです。これに心当たりはございますでしょ？」

そう言った大賢者の手の中には一本の短剣が握られていた。

当然見覚えがある。

それは、リーゼが持っている幻影を見せる短剣——胡蝶《こちょう》だった。

ただ、同じ柄《つか》と刀身に見えるものの、リーゼが持っていたものより遥かに古く思える。

そんな私の疑念を肯定するように、大賢者は頷いた。

「あなた方が胡蝶と呼んでいる、幻影を見せる短剣と同じものです」

「……教えてくれ、胡蝶はこの時代ではまだ作られていないはずだ。それに、私についてもあんたは知っていた。あんたは未来が見えているのか？」

「いえ、私に未来を見る力はありません。ただ、知っているだけです。教えてもらったと言ったらいいでしょうか？」

「……誰が教えてくれたのかは言えないんだね。そして、本物のあんたの姿を見せることもできないと」

私はため息をつく。

意地悪を言うためにここに来たわけではない。

彼女が私に対し、敵意もなければ害意もないことはなんとなくわかっている。

「なら、話せることだけを話してくれ」

「はい、そのつもりです。まず、未来——あなたにとっての現代に戻る方法です」

「——っ⁉　それを教えてくれるっていうのならありがたい」

「それはウラノ様が考えてくださっています。ただ、一つだけ足りない物があります。そのため、元の世界に戻ることができない状態に陥る可能性があります」

「その足りないものを用意してくれるのかい？」

「いいえ、あなたは既にそれを持っています。それを思い出してください」

「……具体的に教えてほしいんだが」

「大丈夫ですよ。それが何かさえわかれば、ユーリシア様は元の時代に戻れます。戻ってもらわないと困りますから。そうそう、元の時代に戻る際には、殺虫剤を持っていくことをお勧めいたします……私としてはずっとこの塔に住んでいただいてもいいのですが」

なぜか大賢者からの好感度が凄まじい。

そんなに好かれることをした覚えがないんだが。

私は気を取り直して、再度尋ねる。

「それで、大賢者様。あんたはそれを話すためだけに私を呼んだのか？　未来のあんたから聞いた話だと、私はクルト誕生のためにあんたの弟子になるとしか聞いてないんだけど？」

そう、以前大賢者と会った時は、それ以上何も聞けなかったのだ。

今回は得られる情報をすべて得ておきたい。

「……ユーリシア様はハスト村を見て回ってどう思いました？」

「ん？　あぁ、凄かったよ。クルトで十分慣れたつもりだったが、それに輪をかけて凄かった」

「確かに凄いですよね。薬を使えばどんな病気も治り、食料も一瞬で生産できる。でも、それにしてはおかしいと思いませんか？」

おかしいも何も、全部おかしいと思うけれど。

考えてみる。

全員いい人で、見ず知らずの私のためにもよくしてくれたし、料理もおいしい。子供も元気に村で遊んでいて……そういえば、飲み会の時に子供の数が少なかったな。

クルトも幼馴染のヒルデガルドの話はよくしてくれたけれど、彼女の話ばかりで同世代の子供の話が出てこないということは、そもそも村に同じ年代の子供がいなかったからだ。

「村に子供が少ない？　いや、そもそも村自体も面積のわりに人口が少なかったような」

私の言葉に、大賢者は頷いた。

「はい。ハスト村では非常に子供が生まれにくいのです。その原因は、内包する魔力が尋常ではないことにあります。大人になれば魔力を保存する器ができますが、胎児《たいじ》の頃から彼らの魔力は多く、非常に負荷がかかり、母子ともに危険に陥るのです」

「でも、ハスト村の人間なんだし、そのくらいなんとでもなるんじゃ――」

楽観論を述べてみるが、実際になんともならないから子供が少ないいんだよな。

そもそも、ハスト村の人間には妙なことが多い。

自分たちの能力が異常だと気付いていないこともそうだし、クルトだけでなく村全体が自分の能力に気付けば意識を失ってしまうこともそうだ。

「――ですが、胎児の魔力の暴走を一時的に抑えることができる薬が一本だけあります」

大賢者がそう言うと、私の横にテーブルが現れ、その上には一本の薬瓶が置かれていた。

「ユーリシア様、率直に申します。私の弟子になってください」

「……弟子ってのは、具体的には何をするんだい？」

「この世界を正しい方向に導くのが私の役目であり、そのために私の指示を受けて行動するのが私の弟子の役目です」

正しい方向に導く……か。

世界の管理者と言っていたが、まるで神様だな。

だが、私はそれを断れないのだろう。

なぜならば――

「この薬がなかったら、クルトは生まれてこないのか？」

「わかりません。この薬を使わなかった未来を私は知りませんから」

つまり、これは私にとっての報酬だ。

おそらく、クルトが生まれてくる時、この薬がなかったら命の危険があるのだろう。

ニコラスたちに預けたら、きっとしかるべき時に使ってくれるはずだ。

もしかしたら、この薬を調べて複製し、村中で使われるようになってハスト村にまつわる問題がひとつ解決するかもしれない。

この薬がなくてもクルトは生まれてくるのかもしれないが、しかし、クルトの命を「かもしれない」に賭《か》けることはできない。

「……わかった。ただし、仕事の内容は選ばせてもらう。私がしたくないことはしない。それでいいか？」

「勘違いしないでください、ユーリシア様。その薬はあなたが弟子になってもならなくても、差し上げる予定です。ただ、弟子になった時の最初のお願いが、その薬を使ってクルト様が生まれる手助けをしてほしいということなのです」

「つまり、大賢者にとってクルトは必要な人物というわけか……なら――」

私は部屋の隅にいるバンダナを一瞥《いちべつ》する。

「あんたの弟子がクルトを守って世界の運命のためにいろいろとちょっかいを入れるのか」

「そうですね。弟子もそうですが、守護の一族も護衛に付けます。ゴルノヴァと言いましたか。彼は性格にはいささか問題があるようですが、剣聖の里の中ではクルト様に年齢も近く、その実力も十分だそうですね。剣聖の里の者にはハスト村の住民を守護するという意識が潜在的に刷り込まれていますから、彼の護衛には適任です」

「性格に問題があり過ぎてクルトがひどい目に遭《あ》ったけどな……って待て！　ゴルノヴァは剣聖の里の出身者だったのかっ⁉」

そういえば、ミミコから聞いたことがある。

ゴルノヴァはクルトを庇って何度も大怪我を負ったと。

そして思い返せば、武道大会の時もその身を挺してクルトを庇っていた。

でも、奴はクルトが自分の守護の対象だとは思っていないだろうな、パーティから追放したくらいだし。

……いや、パーティからの追放はバンダナが言い出したことだって、マーレフィスから証言があったとミミコから聞いている。

バンダナが大賢者の弟子ってことは、あの時にあの場所でパーティを追放することで、私とクルト、そしてリーゼが出会うように仕向けた可能性もあるな。

私の祖母もリーゼの母も大賢者の弟子だった。その関係者が集まったのが、ただの偶然だとは思えない。

——全部、こいつの掌《てのひら》の上で踊らされていたってことか。

だが、大賢者の弟子になると言ってしまった以上、もう引き下がるつもりはなかった。

少なくとも、大賢者について調べるには、彼女の弟子になるのが一番都合がいいからだ。

なぜか私は、彼女に対し、協力しなくてはいけない——そんな気になっていた。

「ところでユーリシア様に伺いたいのですが」

大賢者は突如、そう言って私を見つめる。

私の心を見透かし、なんでも知っているように振舞う大賢者が知りたいこと？

これは心構えが必要だ。

文字通りの質問ととるべきか、それとも何かの心理テストのようなものなのか。

どちらにせよ、きっと大きな意味のある質問が来るに違いない。

私は息を呑み、頷いた。

「ああ」

すると大賢者は嬉しそうに表情を緩め——

「どうしてクルト様を好きになったのでしょうか？」

そんな下世話な質問をしたのだった。

◇　◆　◇　◆　◇

僕――クルトは、ゴランドスさんに隣の部屋で待機してもらい、ゴルノヴァさんに料理を提供した。

実は、倉庫の中には日持ちのする食材しかなく、また調理器具も簡単なものしかなかったので、ゴルノヴァさんに満足してもらえる料理を作れる自信がなかったから一度断っていた。

だけど、ゴルノヴァさんが「いいから作りやがれ！」と言ったので、僕は仕方なく料理を作ることにしたのだ。

怒られるのを覚悟してたんだけど、結果、飛んできたのは怒声ではなく……

「これだ……飯っていうのはこれなんだ」

なぜか喜びの声だった。

ゴルノヴァさんに料理を提供して喜ばれるのって、思い返すと出会った日以来だな。

最初に会った日に、「お前の作った飯、うまいじゃねぇか。どこかのレストランで働いていたのか？」と聞かれたくらいだ。僕の料理の腕なんて、村じゃたいしたことがなかった方なので、お世辞だっていうのはすぐにわかったけど。

ゴルノヴァさんはよっぽどお腹が空いていたのか、凄い勢いで平らげていく。

いつもだったら、「クル、お前の作る料理は、本当に男らしくない地味な料理だな」と文句を言うのに、今日は褒めてくれた。

「実は料理の適性検査を受けたところ、Bランクの判定を受けまして」

「へぇ、お前がBランクね」

僕がはにかみながら言うと、ゴルノヴァさんは疑うような目で見てくる。

まぁ、自分でもBランクという評価は分不相応だと思う。たぶん、適性検査を受けた日の調子がたまたまよかったんだろう。

たしかあの検査を受けた日って、ゴブリンに追われて死にそうな目に遭った日だったっけ。

精神的にはかなり参っていて、本調子じゃないどころかそのままベッドで寝たい気分だったんだけれども。そういう状態の方が本来の自分以上の動きができるということなのだろう。

そんなことを考えているうちに、ゴルノヴァさんの食事は終わったようだった。

「はぁ、久しぶりにうまい飯だったな」

「では、僕は戻ってもいいですか？　あ、ゴランドスさんが無事なことをルゴルさんにも教えないといけませんね」

「親父に言う必要はねぇ」

ゴルノヴァさんが言った。

「なにがあったんですか？」

「ふん、お前に言う義理はねぇな」

ゴルノヴァさんは不機嫌そうにそう言って、僕が持ってきたお茶の入ったカップを掴んだ。

まるで奪うように取ったので、お茶のしずくが宙を舞い、僕の頬にかかる。

会議の時にも出した、冷静になれるお茶を飲んだゴルノヴァさんは、ポツポツと自分のことを話し始めた。

「……よくある話だ。俺様は族長の家に生まれた。剣の腕も弟より優れていたからな、次期族長になるものだとばかり思っていた。だからこそ、親父の厳しい修業にも耐えた……親父は成人した日に、祖父から族長候補として族長の補佐役に任命されたそうだ。だから俺様も、十五歳の成人の日、同じように任命されるものだとばかり思っていたんだ――だが、親父は言った。『塔の賢者様の許しが出ない以上、お前に族長の仕事をさせるわけにはいかない』ってな。俺様はその時、塔の賢者――お前らが言う大賢者ってやつが本当にいるだなんて思ってもいなかったから、きっとこれは親父が与えた試練なのだと思った。だが一年後、弟が成人したその日、弟を族長補佐に任命しやがったんだ」

そこまで話して、お茶の効果よりも怒りが上回ってきたのか、ゴルノヴァさんの顔が真っ赤になっていく。

なんで大賢者様のことを塔の賢者って呼んでいるんだろう？

今は質問する雰囲気じゃないから、あとで尋ねよう。

「意味がわからねぇ。俺様は親父に詰め寄ったが『塔の賢者様が決めたことだ』と言った。『塔の賢者様は世界を管理する崇高なお方だから、きっと何か意味があるのだろう』ってな。俺はそれを聞いて激昂《げきこう》し、親父に決闘を申し込んだ。『俺が勝ったら族長の座を明け渡せ。俺が負けたらこの里を出て行ってやる』ってな。親父はその条件を呑んだ」

それで、どうなったんですか？　とは聞けなかった。

ああやって冒険者になっていたということは、結果は聞くまでもないことだからだ。

「本当はこんな糞《くそ》みたいな里に戻ってくるつもりはなかったんだけどな。塔の賢者が実在するとわかり、その手掛かりを手に入れるためにこの里に来た。塔の賢者に復讐《ふくしゅう》し、この世界を管理するという強大な力を俺様のものにするためにな。だから俺様は親父に会うつもりなんてない」

そう言った直後、突然、ゴルノヴァさんの背後に女性が現れ、その後頭部を叩いた。

その女性の姿に僕は見覚えがあった。

「いてぇぇぇっ！　何するんだ、エレナ！」

「違います、エレナたんです」

彼女が訂正したように、彼女は、僕が裏のおじさん――裏の家に住んでいるのと、ウラノって言う名前だからそう呼んでいる――と一緒に作った対ゴブリン用戦闘ゴーレム、エレナたんだった。

武道会場でパープルという偽名を使っていたゴルノヴァさんと一緒にいたメイド仮面の正体は、やっぱりエレナたんだったんだ。

「クル、こいつの呼称なんとかしろ。人前でたんとか付けるのが面倒だ」

ちなみに、名前のあとに「たん」が付く理由は僕にもわからない。

「うん、わかった。エレナたん、君の呼称は今日からエレナとエレナたん、両方とも使うことにする。いいね？」

僕がそう言うと、エレナたん――エレナは少しがっかりした表情で頷いた。

「わかりました」

「それで、なぜエレナはゴルノヴァさんの頭を叩いたの？」

「それは、彼がこの里に来た理由は、クルトとの結婚の報告を家族にするためだからです。そのため、まずは秘密裏《ひみつり》に弟と打ち合わせをする協力までしました」

「え、ちょっと待って――僕とゴルノヴァさんが――結婚っ!?」

まったく意味がわからない。

なんでエレナはそんな勘違いをしているんだろう？　誤作動？

推定耐久年数は最低千年――まぁ理論上は永遠だけど――に設定してあったんだけど、そういえばもう千二百年経ってるんだったっけ。

だとしたら、どこか故障していたとしてもおかしくない。

「エレナ、自己診断をして」

「自己診断モードに移行します。データ確認……五パーセント、三十パーセント、七十パーセント、百パーセント。エラーは発見されませんでした」

あれ……壊れてない？

「クル、お前ちょっとこっちにこい！」

僕はゴルノヴァさんに体を掴まれ、無理やり壁際に連れて行かれた。

僕は小さな声でゴルノヴァさんに尋ねる。

「どういうことですか、ゴルノヴァさん」

「それを聞きたいのはこっちだ。エレナの奴、初めて会った日に俺がクルの主人だと説明しても信じず、恋人だと判断しやがったんだ。なんであんないい加減なゴーレム作りやがった」

「ごめんなさい……僕が行ったのは動作チェックがほとんどで、思考回路と顔や服のデザインは全部裏のおじさんがしたんです……」

「ごめんで済むかっ！　俺様は危うく殺されるところだったんだぞ！　ってか、誰だよ、その裏のおじさんってのは」

「おじさんはおじさんです……って、え？　そんなわけないですよ。エレナは試作機で、僕と同じでゴブリンも倒せないんですから」

「は？」

ゴルノヴァさんは声を上げ、エレナを見た。

その表情はかなり疑っている様子だ。

でも、これは真実だ。

エレナが百体がかりで戦っても、ゴブリン一匹すら倒せないだろう。

ゴブリンを倒せるようなゴーレムなんて、田舎の何もない村で作れるようになる前に、とっくに王都の偉い研究所の人やゴーレムを専門に作っている工房主《アトリエマイスター》が開発してるに決まってる。そうなったら冒険者のいる意味がなくなってしまうし、そうじゃないから冒険者がいるわけだし。

あ、でもそこは関係ないのかな？

うちの村でも、昔、ゴーレムに全部畑仕事をやらせたら働かなくていいんじゃないか？　って議論になったことがある。だけど、そうなると本当にやることがなくなるから、自分でできることはゴーレムに頼らないようにしようって村で決まった。

それと同じように、既に戦えるゴーレムは開発されていても、冒険者の仕事を残すために数は少ないのかもしれない。

と、そこでふと思い至った。

「ん？　あれ？　そういえばエレナは武道大会でユーリシアさんといい勝負していましたよね？」

たしかエレナは、男装していたユーリシアさんと互角に戦っていた。対ゴブリン用の武器も通常以上の力を発揮していたっけ。

ユーリシアさんは、美人なのに一人でゴブリンの群れを壊滅させられるくらいに強い。

そんなユーリシアさんとエレナが互角に戦えるはずがないんだけど……

「あ……エレナが強い理由がわかりました」

「なんだ？」

「きっと、ゴルノヴァさんのお陰です！　ゴルノヴァさんの戦いを間近で見たことで、その実力の一部をデータとして記録して強くなったんですよ」

「……お前の話をまともに聞こうとした俺様が間違ってた」

苛立った様子でゴルノヴァさんが言った。

名推理だと思うんだけど。

「とりあえず、さっきみたいにお前の命令でエレナをなんとかしろ」

「無理ですよ。僕も製作者ですけれど、命令権を持っているのは裏のおじさんなんで。でも安心してください、誤解を解きます」

僕はそう言うと、エレナに向かって言った。

「エレナ、話を聞いてほしい。ゴルノヴァさんは僕の恋人じゃない。道に迷っていた僕を助けてくれたんだ。僕にとっては恩人で、尊敬する人だよ」

僕がそう言うと、エレナは首を傾げた。

「恋人ではない？　ゴルノヴァが嘘をついたということでしょうか？」

「そう言わないと、エレナに襲われると思ったんじゃないかな」

「そうでしたか……わかりました」

エレナは頷いた。

よし、データの修正は終わったな。

「ゴルノヴァがクルトの恋人でない以上、クルトを騙《だま》して利用しようとしている最低のクズ人間であると判定。また、既に各国で指名手配されていることを確認。捕縛モードに移行します」

「また壊れたっ!?　自己診断モード！」

「自己診断の必要はありません」

彼女は僕の命令を無視してそう言うと、手首を外した。

あれは、対ゴブリン用汚物洗浄火炎放射（裏のおじさん命名）！

武道大会でゴルノヴァさんの背中を燃やした炎だ。

威力が昔より上がっているのは確認済み——それなら——

「ゴルノヴァさん、剣を借ります！」

僕がそう言った時には、既に炎が噴射されていた。

僕はゴルノヴァさんとエレナの間に割って入ると、許可を待たずに、ゴルノヴァさんの腰にある剣を抜く。

ちょうど武道大会の時と逆になった。

あの時、僕はゴルノヴァさんに救われた。

でも、相手がエレナなのであれば、僕でも対処できる。

戦闘系の適性がGランクで魔法が使えない僕でも、炎の剣に注がれている魔法晶石に魔力を注ぐことは容易だ。

僕がゴルノヴァさんの炎の剣に魔力を込めると、剣は対ゴブリン用汚物洗浄火炎放射の炎を吸い込んでいく。

炎属性の武器を使って消火活動を行うのは常識だ。

鍛冶《かじ》と料理で炎の扱いには慣れているから、そんなに怖くもないしね。

「クルト、邪魔をしないでください」

エレナはそう言って、僕の隙をついて今度は対ゴブリン用破壊光線を放とうと、ゴルノヴァさんに視線を向ける。

「邪魔しないわけないよ。ゴルノヴァさんは僕にとって恩人なんだから」

目から放たれようとする光線の軌道を読み、僕は短剣を抜いてその軌道上に置く。

エレナの目から放たれた光線は僕の短剣で反射すると、エレナの右肘《みぎひじ》関節部に命中して、そのまま関節を外した。

エレナは右肘関節、左肘関節、首関節の順番に外していくことで緊急停止させることができる。

まずは第一段階が終わった。

「右肘関節部損傷七十パーセント――簡易自己修正を試みます。不可能と判定。ゴルノヴァ捕縛のためにクルトを無効化できる確率を試算――勝率０．０００００３パーセント。さらに状況を変更して試算――０．００１パーセントに上昇。実行します」

エレナはそう言って、左手の手首を口で取り外した。

中から出てきたのは剣だ。

剣といっても、あくまでも制圧用なので、刃の部分はやわらかい素材でできていたはずだ。

とはいえ、触れると雷撃が流れる仕組みになっている。それを知らずに打ち合えば、剣を通じて体中に雷撃が流れ、一瞬で意識を奪われる。

エレナはそのビリビリする剣を頭に向かって突いてくるが……僕はそれをわずかに顔を逸らして躱《かわ》す。

エレナは避けられることを覚悟していたのか、再計算《どうよう》することなく、僕に向かってさらに連続で剣を突いてきた。

けれど、僕に当たるわけがない。

いくらエレナがゴルノヴァさんの動きを見て成長したといっても、彼女の動作システムを作ったのは僕なのだから。

「あとで修理してあげるから、今は大人しくしていてね」

僕はエレナの突きを躱しながら懐に潜り込み、彼女の左肘関節を短剣で突いて外し、さらに首も落とした。

これで緊急停止システムが動いたはずだ。

それにしても、やっぱり人型のゴーレムと戦うのは抵抗があるな。

エレナ自身は自分の腕や首を切られたと認識はできても、それを痛みとか苦痛だと感じることはないから、本来は気にすることはないんだけど。

緊急停止したエレナの体がその場に倒れると、その重みで床の木の板が割れた。

「あ……やっちゃった」

うわぁ、まだまだだな。あとで床も修理しないといけない。

「おい、クル。お前、今の動き……」

ゴルノヴァさんが僕を見て、何か言おうとしているが、うまく言葉にできない様子だった。

床を壊してしまった僕のふがいなさに呆れているのだろうか？

今回は、エレナの緊急停止の手順を知っているのは僕だけだったから、僕が戦ったけれど、もしゴルノヴァさんが戦っていたら、こんなことにはならなかっただろう。

まぁ、その場合はエレナがボロボロになって修理がちょっと面倒になっていたかもしれないけれど。

「クルト様！　兄さん！　今の音はいったい――これはっ！」

エレナが倒れた音を聞いたゴランドスさんが、部屋に入ってくるなり目を見開いた。

「兄さん、なにがあったんだ?」

「ポンコツが暴走して、クルがぶっ壊して止めた。それだけだ」

ゴルノヴァさんは何事もなかったかのようにそう言うと、僕から炎の剣を奪って鞘に納める。

そして戦いの拍子で倒れた椅子を起こして、それに座った。

事後承諾で剣を使ったことを怒られるんじゃないかと思ったけれど、ゴルノヴァさんは何も言わなかった。

それにホッとしながら、僕は言う。

「それじゃ、ゴルノヴァさん。僕はみんなが心配していると思うので、戻りますね。あ、ゴランドスさんが無事だったってことは伝えるつもりなんですけど、ゴルノヴァさんのことはどうしましょうか？」

「ふざけるな、クル。俺様が飯を作らせて、昔話をするためだけにお前を呼んだと思ったのか？」

「違ったんですか？」

「そんなわけねぇだろ」

ゴルノヴァさんはいつものように僕を怒鳴りつけた。

「炎の竜牙」にいた頃はよく、「夜食を作れ」と深夜に叩き起こされたから、今回も食事を作るために呼ばれたんだと思っていたよ。

「クル、賢者の塔に行く方法を知ってるだろ。俺様に教えろ。これは命令だ」

「賢者の塔？　やっぱり大賢者様って塔に住んでいらっしゃるんですか？」

「あん、そんなことも知らないのか？」

「知らなかったです。ミミコさんたちも大賢者様について調べているんですけど、ほとんど情報がなくて。あ、だから、ゴルノヴァさんは大賢者様のことを、塔の賢者と呼んでいたんですね」

　僕はようやく納得した。

「ゴルノヴァさん、賢者の塔がどこにあるか知っているんですか？」

「それがわからないからお前に聞いているんだろうがっ！　なら、その賢者の弟子だ！　そいつと連絡を取れ！」

「ごめんなさい、大賢者様の弟子についても全く知らないです。リーゼさんたちが過去のハスト村に行って、なにか手がかりを掴んだみたいなんですけど」

「過去に行った？　そういえば、エレナが時間遡行がどうとか言っていたが……ん？　おい、クル。エレナを作ったのはお前だったよな。エレナは少なくとも大賢者が塔に住んでいることを知っていた。なんで製作者であるお前が知らないんだ？」

「え？　エレナが知っていたんですか？」

「あぁ……俺様が話してもいないのに、剣聖の里《ここ》の出身だってことも知ってやがった」

　うーん、何か原因になりそうなもの……そうだ。

「……ひとつだけ可能性があります」

「あん？」

「エレナは自分で様々なことを学習できるゴーレムなんですが、その学習のきっかけとなるように、ある程度の知識を最初から与えられているんです。おそらく、その最初の知識で知っていたんじゃないでしょうか？」

「わかりやすく説明しろ！」

ちょっとわかりにくかったかな？

「人間の記憶っていうのは二種類あるんです。僕たちが無意識のうちに覚えているのが非陳述記憶、意識的に覚えているのが陳述記憶です。エレナにはその陳述記憶を提供者から移したそうなんですが……その陳述記憶にも二種類あって、思い出を覚えておくエピソード記憶と、知識を貯めておく意味記憶というものがあるんですよ。エレナの記憶は、プライバシーの保護のため、エピソード記憶の部分は封印しているんです。そして、そのエピソード記憶に強く紐《ひも》づけされている意味記憶も同時に封印されてしまうせいで、人間で言うところの一種の記憶障害が起こっているんです。だから、ゴルノヴァさんや大賢者の知識を中途半端にしか持っていないんだと思います」

「余計にわかりにくくなったぞ！」

ゴルノヴァさんに怒られた。

わかりやすい説明をしたつもりなんだけど。

「エレナの封印している記憶を復元することができれば、詳しいことがわかるかもしれません」

「お前、封印を解くことはできるのか？」

「やってみないとわかりません。記憶を封印したのは裏のおじさんですから、簡単には解くことはできないと思います」

俺の言葉に、ゴルノヴァさんは諦《あきら》めたように息をつく。

「だから誰だよ、その裏のおじさんって言うのは……じゃあエレナを修理して、封印を解いてみろ。修理して暴れることのないようにな」

「わかりました。あ、ミミコさんたちに手伝ってもらってもいいですか？　宮廷魔術師のミミコさんやオフィリア様なら、きっと力になってくれると思うんです」

僕がそう言うと、ゴルノヴァさんは黙って椅子から立ち上がり、僕に背を向けた。

「……兄さん？」

沈黙に耐えきれなかったのか、ゴランドスさんが尋ねると、ゴルノヴァさんは振り返る。

「――ダメだ。クルはこのままここにいろ。ゴランドスも地下から出るな。お前はクルが出ないように見張っていろ。俺様は隣の部屋で寝る。それと、夕食は新鮮な野菜と肉を使った料理が食いたいから、ゴランドスは部下に命じて採ってこさせろ」

ゴルノヴァさんはそう言って奥の部屋に入っていく。

仕方ない、ひとりで修理をするか。

早速僕は、エレナの首と腕の修理を始める。

一番損傷率の高かった右腕の関節部も、修理しやすいように壊したので、手持ちの道具だけでもすぐに終わった。

だけど問題は記憶の方だ。

記憶の封印は魔法回路によってなされている。

通常の封印なら簡単に解けるけれど、エレナの記憶に関する封印は、誰にも解けないように幾重《いくえ》にもかけられていて、一つ無効化するのに結構な時間がかかる。

さらに、封印を無理やり解こうとすれば、記憶そのものを消去するような罠《わな》も仕掛けられていた。

「ミミコさんたち、心配してるだろうな……いや、それよりアクリの方が心配だ」

大賢者様に関する手がかりを探すこと自体は間違っていないと思う。

僕なんかがいても、戦争に役立つ案が出るとは思えないし、戦いそのもので役に立たないことは語るまでもない。

だけれども、やっぱりみんなを心配させているだろうし、ここを抜け出す必要はありそうだ。

「クルト様、お茶を淹れました」

ゴランドスさんがそう言って僕の前にお茶を置く。

「あ、言ってくれたら僕がしたのに」

「いえ……クルト様には大変申し訳ないことをしているので、そのお詫《わ》びです。クルト様の淹れたお茶には遠く及びませんが、先ほどから休憩なさっていなかったので」

「え？　僕、どのくらい頑張ってました？」

「三時間程です」

そんなに経ってたんだ、全然気付かなかったよ。

「しまった、ゴルノヴァさんの夕食の準備を始めないと」

「大丈夫です、兄はまだ寝ていますから。クルト様も少し休んでください。食材の準備は済んでいますし」

「……はい」

僕はその言葉に甘え、お茶を飲むことにした。

少し苦みが強く、それを隠すために砂糖が多いみたいだけど、疲れている頭にはちょうどいい。

この村では砂糖は貴重なはずなのに、惜しげもなく使ってくれている。

「すみません、本当はこちらで夕食の準備もしなくてはいけないのですが、兄さんはクルト様の料理しか食べないってうるさくて」

「そうなんですか？　それは少し嬉しいです」

あまり新鮮な食材が揃っていないのは残念だけど、出来る限り美味しい料理を作ろうと思った。

僕は封印の解除を進めながら、お茶を飲み干す。

「兄のことを恨まないでください」

すると、ゴランドスさんがポツリと呟いた。

「え？」

「兄は元々あんな人じゃなかったんです。責任感が強く、村を引っ張っていく族長になるために誰よりも努力を重ねてきました。剣の腕も村の若者の中では一番でして。私も、族長は兄がなるべきだと思っているんです。僕だけではありません。僕と同じ年代の誰もがそう思っていました」

ゴランドスさんは、どこか誇らしげな様子で語った。

ゴランドスさんがゴルノヴァさんのことを尊敬していたんだということは、よく伝わってきた。

「兄があんな風になってしまったのは、自分の努力を理不尽な力によって潰されてしまったことによる反発からなんです。僕は今でも、兄こそが族長に相応しいと思っています。兄が族長になれば、きっと昔のように戻ると――すみません、間違っているのはわかっているのですが」

「いいえ。僕もゴルノヴァさんは立派な人だと思いますよ」

行く当てのなかった僕を助けてくれて、何度も命を救ってくれた。僕にとっては恩人だ。

さっき、エレナがゴルノヴァさんのことを指名手配されているって言っていた。僕だってなにも調べていないわけではない。

ゴルノヴァさんが憲兵を負傷させた罪で指名手配されていることは、ずっと前から知っていた。

それでも、僕は信じたい。

ゴルノヴァさんならきっと立ち直ってくれると。

ゴランドスさんも同じ気持ちなんだろう。

「大丈夫ですよ。ゴルノヴァさんはきっと昔のように立派な剣士になってくれます……きっと」

僕はそう言って笑うと、ゴランドスさんが用意してくれた食材を使って夕食を作り始めることにした。

今はここを抜け出すことはできそうにない。

さて、どうしよう——と思った時だった。

僕はあることに気付き、とっさにお腹を抱えた。

「ゴランドスさん、ちょっと食糧庫を見てきます」

僕は背後で座ったままのゴランドスさんにそう断って、隣の部屋に入った。

食糧庫といっても、保存食と、訓練用の木刀と木の盾が置いてあるだけの部屋だったけれど。

出口とは正反対の方向なので逃げる心配もないと思ったのか、ゴランドスさんは追ってこない。

そうして一人になったところで、改めて自分が抱えているそれを見た。

「パパっ！」

そう、僕に抱き着くように現れたのは——

「アクリ、どうやってここに」

「パパとママがいるばしょなら、アクリもわかるから！」

そういえば、アクリはたびたび、ユーリシアさんがいる場所や僕がいる場所に転移してきていた。

距離がそんなに離れていないのなら場所がわかるのか。

「あと、ユーリママのけはいもするの！」

「え？」

ユーリシアさんの気配がする？

◇　◆　◇　◆　◇

「さて、どうしようかしら」

私――ミミコはそう呟く。

私が今いるのは、剣聖の里から北に三百キロの小高い丘の上。

眼下には、敵の部隊が広がっている。

月も出ていない夜だからこそ、かがり火により照らされている敵の野営地は、ここからでもよく見えた。

昨日、クルトちゃんがいなくなったことを受け、私は敵の指揮官を潰すため、ファントムの一部を連れて剣聖の里を離れてここまでやってきた。

里の状況については、クルトちゃんが作った通信機により、部下より報告が上がってくる。

特に今重要なのは、クルトちゃんの行方だが……実は昨日の夜の時点で、消息は判明していた。

あれからの調査で、不自然に食材を集めている若者を発見。尾行したところ、今は使われていないという里の倉庫に入っていったそうだ。

さらに調査を進め、中にいる人の会話から、行方不明の剣聖の里の若者をはじめ、クルトちゃん、ゴランドス、そしてなぜかゴルノヴァがいることが判明した。

ゴルノヴァがルゴルの息子で、ゴランドスの兄であることは私もルゴルから聞いていた。ホムーロス王国内での不祥事《ふしょうじ》について正式に謝罪も受けたが、しかしクルトちゃんを動揺させないために黙っていたのだ。

それにしても、そのゴルノヴァが周囲の監視をかいくぐって里に戻っていたなんて。

いくら彼がこの里の出身者だからといって、簡単に里に入る方法があるとはね。

報告にあった、ゴルノヴァと一緒にいたメイド仮面ってのが関わっている可能性が高いかな。

ユーリシアちゃんが言うには、クルトちゃんが作製に関わっているそうだし。

「アクリちゃんも気になるわね」

ファントムが里の倉庫の場所を確認した少し後、目を覚ましたアクリちゃんが「パパの場所ならわかるの」と言って、その倉庫にシーナを連れて行ったそうだ。そしてすぐに、転移していなくなったという。

おそらく、アクリちゃんはクルトちゃんやユーリシアちゃん、リーゼロッテ様の気配を感じ取り、そこに転移する力を持っているのだろう。

ここまでが全て、昨日の時点で判明していることだ。

本来ならすぐにでもファントムを突入させてクルトちゃんとアクリちゃんを救出したかったのだが、ファントムの大半をこの場に連れて来ている現在、戦力的に厳しかった。

まぁ、クルトちゃんの居場所がわかっただけでも良しとしよう。

「それにしても……思ったより凄いわね」

私は改めて丘の下を見下ろし、そう零す。

ゴブリン、オーク、オーガ、リザードマン、ゾンビにスケルトン。

低級の魔物の見世物市を開けるのではないかというくらいに種類が多い。

逆にコボルトやグリフォンといった、魔獣と分類される魔物や、ドラゴンやワイバーンなどの竜はいない。

魔領の中で、魔獣を従えているのは獣王であり、竜族を従えているのは魔竜皇だからだ。

ちなみに、よく混同されるが、竜人《ドラゴニュート》は魔竜皇の配下の魔族だけど、リザードマンは魔竜皇の配下ではないただの魔物だとヒルデガルドから聞いている。

その分、ただの魔物の寄せ集めであれば脅威ではないと言いたいところであるが——その数は報告よりも多かった。

特にワイバーンゾンビを含め、不死生物《アンデッド》の数が半端ない。

おそらく、それを呼び出している魔神王の配下の死霊使い《ネクロマンサー》い、つまりは指揮官がいるはずだ。

今回の目的は、その指揮官の暗殺。

そうすれば、不死生物《アンデッド》はいなくなるはずだ。

その指揮官がいるのは、おそらく一番豪華な天幕の中だろう。

「ミミコ様、ここは我々が――」

「いいえ、敵の警備が思ったより厳重よ。特に天幕の前にいる二人の魔族――あれは吸血鬼《ヴァンパイア》ね。夜の眷属と言われる彼ら相手では、あなたたちも厳しいわ。ここは私が一人でいく」

「しかし、ミミコ様ひとりでは危険では？」

「心配ないわ。孤児だったあなたたちを一人前の暗殺者に仕立て上げたのは誰だと思ってるの？」

私はそう言うと、闇に紛れるための黒装束に早着替えをした。

今日私が動くのは、宮廷魔術師としてではない。

王家直属暗殺者組織、グリムリッパーの元筆頭としての仕事だ。

私が失敗したことなんて――あぁ、一度だけあったっけ、あの時は恥ずかしかった。

当時グルマク帝国の姫君だったフランソワーズ様がホムーロス王国に嫁入りをするとなった時、帝国の思惑を探るために彼女の身辺調査を行うことになった。

他国の王族の反応の調査は部下に命じ、フランソワーズ様本人について探るために、私自ら帝国で調査しようとしたんだけど……あっさり看破されたんだよね。

そして、あの方は私にこう言った。

『やっほ、ホムーロスの暗殺者ちゃん。私を殺したいのなら、一緒にお茶でもしない？』

おかしな人だった。

他国の暗殺者が見張っていたことを誰に報告することもなく、お茶に誘うような帝国の姫君は彼女くらいなものだろう。

暗殺者は影の存在、本来であれば自分を見つけた者は処分するのがセオリーだ。

だが、相手はホムーロス王国にとっても重要人物。殺すことはできない。

任務に失敗した私は自決しようと懐から毒薬を取り出し――

『自殺したらホムーロスとの縁談を破談にするわよ』

そう言われて、さらに何もできなくなった。

結局、私は彼女と一緒にお茶をして、情報を得て帰らされた。

国王陛下にありのままを報告し、処罰を受けようとしたが、「大儀であった」と言われ、「これからも一緒にお茶を飲むように」と意味のわからない命令を受けた。

そして、フランソワーズ様が正式にホムーロス王国に嫁入りをした三日後、私は王妃となった彼女に呼び出された。

『暗殺者ちゃん、やっと聞くことができるわ。あなたのお名前はなに？』

『暗殺者に名前はありません。私は三三五番です。先日、紫電《しでん》の亡霊という二つ名をいただきました』

『三三五番って呼びにくいわね。紫電の亡霊ってのも呼びにくいし。ミミコちゃんって呼ぶわ』

『ミミコちゃん？』

『三三五だからミミコ！　わかりやすいじゃない。あと、年下の友達を「ちゃん」付けで呼ぶのは私のポリシー！　これから毎日お茶を飲めるわね……って王妃が暗殺者と日常的にお茶を飲むのは王国的にはダメか』

　ホムーロス王国やグルマク帝国の問題ではなく、どの国でも駄目だと思う。他国から嫁いできた王妃ならなおさらだ。

『なら、暗殺者をやめて、宮廷魔術師になりなさい。魔術、得意でしょ？』

　そんな彼女の言葉は冗談だと思っていた私だったが、さらに一週間後、私には第三席宮廷魔術師の地位と、ミミコという名前と、ウソで塗り固められた経歴が与えられていた。

　それを機に、グリムリッパーの筆頭を引退し、私設部隊としてファントムを作った。

　私の人生は、フランソワーズ様によって大きく変わったのだ。

　そんな彼女が、病気で死ぬなんて信じられなかった。

　あの人は殺しても死なないって思っていたのに。

　もっとも、あの人の行動力は、娘のリーゼロッテ様にしっかり引き継がれているようだけれども。

　そんなことを考えながら、私は闇に紛れ、敵の陣地を進む。

　このように敵が多い場所で、隠れて進むのは難しい。

　なので私は、歩いて進むことにした。

周囲の風景に溶け込み、視界に入りながらも視認させない範囲で、自然な動作で進む。走らず、目立たず、隠れもせず、音もたてず、ただ歩き——天幕の後ろにやってきた。

中から気配を感じる。

かなり強い気配だ。

私は隠し持っていた短剣で天幕の布を切り裂き、中に突入した。

中にいた魔族も吸血鬼《ヴァンパイア》だった。しかも、漏れ出る魔力はかなりのものだ。

吸血鬼《ヴァンパイア》には普通の攻撃は効かない。有効とされるのは、銀の類《たぐい》の武器による攻撃だ。

クルトちゃんが掘り出したミスリルをユーリシアちゃんが大量に売ってくれたので、私の装備にもミスリルでできている武器が多い。

ミスリル——聖銀とも呼ばれるこの金属は、純銀以上に吸血鬼《ヴァンパイア》にとって弱点となる。

背後に忍び寄り、背後から、まずは喉《のど》を切り裂く。

助けを呼べないようにするためだ。

普通の人間ならそれで死ぬが、その吸血鬼はまだ息があった。

「私を紫電の亡霊に戻させたこと、死んで詫びろ」

そう言って、胸にミスリルの短剣を突き刺す。

吸血鬼《ヴァンパイア》は一瞬、その深紅《しんく》の瞳《ひとみ》を燃えるように輝かせたが、すぐに灰となった。

それにしても、先ほどの目の色が気になった。

私の体に異状はないが、もしかしたら最後の力で仲間を呼んだのかもしれない。

なら、すぐに逃げないと――そう思った時だった。

「いやぁ、お見事です。まさかここまで一人でやってくるとは。それでこそ、演出の甲斐《かい》があるというものです」

その声は天幕の外からではなく、中から――隅においてあるシルクハットのような帽子から聞こえてきた。

次の瞬間、帽子が宙に浮かび上がり、その中からひとりの魔族が現れる。

燕尾服《えんびふく》を纏った、黒いのっぺらぼうの魔族だ。

「わたくし、魔神王の代理でこの部隊の指揮を任されている《演出家《ディレクター》》と申します。先ほどあなたが倒したのは、いわばあなたのような暗殺者をおびき寄せるための駒《こま》でございます」

《演出家《ディレクター》》――その存在はヒルデガルドから聞いていた。

魔王が集まる会議において、魔神王の代理として現れた謎の魔族。

それがこいつか。

私は一瞬悩み、無言で魔法銃をホルスターから引き抜いた。

これを使えば、周囲の敵にも私の存在がバレる。そうなったら、こっちは命がない。

それでも、敵の大将の命と引き換えなら――

そう思い引き金に指をかけた――その瞬間。

私の体が固まった。

「吸血鬼《ヴァンパイア》が自らの死と引き換えに対象の動きを止める呪いです。いやぁ、効果がなかなか出ないから失敗したかと思いましたよ」

くっ、さっきの一瞬が命取りだった。

悩まずに銃を抜いていたら、殺すことができたのに。

厄介《やっかい》だ……ここで私が殺されたら、魔法銃の存在が敵に知られる。

そうなったら――

「安心してください。すぐに殺したりしません。私は《演出家《ディレクター》》です。客人に何も見せずに帰らせるような真似はしませんよ」

《演出家《ディレクター》》はそう言うと、帽子を取って頭を下げた。

「私の劇をお見せしましょう」

すると、天幕の四隅に魔法陣が輝き、中からそれぞれ一体ずつ、計四体の上級悪魔が現れた。

そうか、不死生物を操っていたのはあの吸血鬼《ヴァンパイア》じゃなく、この悪魔たちか。

かつて、無数のスケルトンに辺境町――今のヴァルハを襲わせたみたいに。

敵の中に低級悪魔がいたら、上級悪魔がいることにも思い至っていたはずなのに……死霊使い《ネクロマンサー》が指揮官だと誤認させるための罠だったのか。

「ははは、いいですね。その顔です。ここまで演出した甲斐があったというものです。さぁ、私の手駒たちにその強き魂を捧《ささ》げるのです」
《演出家《ディレクター》》は笑いながら拍手をした。
そして、私の目の前の床に、これまで以上に大きな魔法陣が現れる。
これはもう、本気でダメそうだ。

第3話　家族の絆《きずな》と現代への帰還

私――ユーリシアと大賢者の対談は滞りなく済んだ。

知りたいことのうち一部はわかった。

結局、バンダナが不老なのか、それとも未来に転移したのか、ただのそっくりさんなのかは私にはわからなかったし、教えてもらえなかった。

ただ、最後は大賢者からの質問攻めだった。

『クルトをなぜ好きになったのですか？』

という質問に端を発し、

『恋のライバルのリーゼ様のことをどう思っているのですか？』

『娘のアクリのことをどう思っているのですか？』

『クルト様からプレゼントされて嬉しかったものはなんですか？』

『クルト様にプレゼントしたいものは？』

『アクリからプレゼントされたいものは？』

下世話というか、込み入ったものというか、本当に何を聞きたいんだ？　という感じの質問ばかり続いた。

そういう話から、私の何かを探ろうとしている――ようには見えない。

ただの興味という感じだった。

私とリーゼに関する質問が多いが、それ以上になぜかクルトに関する質問が多い。

しかも、私たちの心の内を探っているような感じの質問だ。

質問を終えると、「そろそろ帰っていただかないとリーゼ様が心配しますね」と言って、ヒルデガルドの父親が持っていたものと同じ鈴を渡してきた。

この「賢者の鈴」は、大賢者が必要な時に呼ぶ他、私が大賢者に用事がある時もそれを持って念じれば、召喚してくれるという。

ただし、地脈の都合で、召喚できる場所は限られるそうだ。

とりあえず、ラピタル文明の遺跡の隠し部屋、アイアンドラゴンゴーレムがいた洞窟《どうくつ》の奥、そして剣聖の里の三カ所にある転移石の傍でなら召喚することができるらしい。

そして、未来に戻ってから老帝と魔神王との戦争が終ったら、クルト、リーゼ、アクリの三人で、この日あったことをしっかりと話すようにと念を押された。

まぁ、ひとりで溜め込むのは性に合わないので、言われた通りにするつもりだ。

さらに、ウラノ君経由でヒルデガルドの父親にある言伝《ことづて》をするように頼まれた。

「――わかった。伝えておくけど、一つだけ質問してもいいか？」

「はい、なんでしょう？」

「私のことはユーリシアと呼ぶのに、なぜリーゼのことは、リーゼロッテじゃなくてリーゼなんだ？　少なくともこの時代に来てから、あいつはリーゼロッテと名乗っていただろ？」

私が尋ねると、大賢者はウインクをする。

「内緒です」

そう言って微笑んだ。

「それではユーリシア様。ご武運を」

バンダナに見送られ、私は賢者がいた塔から転移した。


村の広場に戻った途端、眩暈《めまい》のようなものに襲われた。

転移に慣れていない人が転移石を使った時、一瞬だけ二日酔いみたいな状態になる転移酔いというものがあるが、それを少し酷くした感じだ。

前回大賢者の塔に行き、そこから剣聖の里に転移した時にも似たような眩暈に襲われたので、すぐに治まるだろう。

周囲を見る。

当たり前だが、塔から戻ってきたら元のクルトがいた時代だったということにはならない。

転移する直前まで私がいた、千二百年前のハスト村だ。

広場の端では、リーゼとウラノ君が岩を前にして何やら準備をしている。

「うん、これで大丈夫のはずだよ」

「ありがとうございます、ウラノ君」

「どういたしまして。ちゃんと届くといいね」

私がいない間に、リーゼとウラノ君とで何かの作業をしていたらしい。

私が戻ってきたことにも気付いていないようだ。

「無事に大賢者様との謁見《えっけん》は終わったようですね。結構気さくな人だったでしょ？」

唯一、私が戻ってきたことに気付いたヒルデガルドの父親が、そのように尋ねる。

「気さく……なのかな。まぁ、偉そうな人という感じはなかったよ。賢者っぽい雰囲気もあんまりなかったけれど」

気さくっていうより、どちらかといえば掴みどころのない人だった気がする。

「ところで聞きたいんだが――」

「私は大賢者様の弟子として何をしているのか？　ってことですか？」

私の言葉を遮って、ヒルデガルドの父親がニヤリと笑う。

「いや、それも気になったが、大賢者の弟子になった理由のほうが気になってね」

「ああ、そっちの方か。いやぁ、大賢者様の真似をして、質問の先読みをしてみたんだけどうまくいかないね……まぁ、私はまだ彼女の弟子になって間もないし、二、三回しか会ったことがないから仕方ないんですけどね」

ヒルデガルドの父親はそう恥ずかしそうにしてから、話し始めた。

「ある日、大賢者様の弟子を名乗る人に出会ったんです。『あなたの手助けが必要だ。大賢者様に会ってほしい』と。その後大賢者様とお会いした時に、世界の成り立ちと、世界を正しい方向に導くという大賢者の弟子の役割について教わりました。そしてその一環として、私の娘の寿命を延ばすとも言われたんです」

「ヒルデガルドの寿命を？」

「はい。実は医者から、私の娘は大人になることなく死んでしまうと言われていたんです。病気ではなく、魔力欠乏症という有角種特有の病気でしてね。魔力を貯めこむ角の発達に対し、溜まる魔力の量が少なく、そのせいで全身に魔力が行きわたらずに死ぬ病気なんです。薬でどうこうなる類《たぐい》のものではないと聞いて絶望しましたが、大賢者様は娘の寿命を延ばすことができる、と」

なるほど、今回私が受け取った薬みたいなものがあったのかな。

「それで大賢者様の言う通り、行商人になったんですよ。この村に、少しでも正しい常識を教えるため、ただし村人たちに自分たちの能力が異常だと気付かせない程度に――なんて難しい仕事ですよ。しかも、この村で買ったものは、ほとんど廃棄しないといけません。当然です。この村で作ったものをよそに持ち込んだりなんてしたら、世界はパニックになりますからね」

あぁ、とてもよくわかる。

クルトの薬を売ったり、掘り当てた鉱石を売ったりしている私が、まさにパニックになる様《さま》をこの目で見てきたから。

納得する私の前で、ヒルデガルドの父親は笑みを浮かべた。

「あなたたちから、娘が千二百歳になったと言われ、そんなことなら娘を普通の有角種として死なせてやるべきではとも思いましたが、幸せそうだったという話を聞いて、少し安心しました。私は間違えていなかったのだと」

その目には、うっすらと涙が浮かんでいる。

私は複雑な気持ちだった。

決して老いないという辛さと、大切な仲間を得てクルトと再会できた喜び。

幸福と不幸が相殺《そうさい》されて、最終的に幸福に天秤《てんびん》が傾いているのかは、私にもわからない。

人間と、人間より長命な魔族との間には価値観の差がある。

ただ、ヒルデガルドがいなければ、魔族たちの均衡が崩れ、魔族たちと人族の戦争が起こっていたかもしれないと考えると、未来を変える可能性がある発言をするわけにはいかなかった。

「あぁ、そうだ。リーゼロッテさんが面白いことをしていますよ」

「面白いこと？」

「未来に手紙を送るそうです」

どういうことだ？　そんなことができる配達人がいるのだろうか？

そう思った私は、リーゼたちの方に近付いていく。

「リーゼ、なにやってるんだ？」

「あらユーリさん、おかえりなさい。クルト様に手紙を送っていましたの。私の愛の手紙《ラブレター》ですわ」

「クルトに？」

話を聞いてみると、なんでも私が大賢者の塔に行っている間に、ウラノ君が私たちが来た時代を正確に調べる魔道具を作り出したそうだ。

ざっくり千二百年後と言っていたが、正確には千二百十六年と七日のズレがあるらしい。

そこまで正確な時間の差がわかるのなら、とリーゼの提案で、金属板に文字を刻み、それを岩の中に隠し、時間が来れば自動的に岩が砕けて中の金属板が現れる仕掛けを作ってもらったとのこと。

金属に文字を刻むのってそんなに簡単にできるのか？　と思ったが、普通の鉛《なまり》の板なら、この村のカッターナイフで簡単に切ることができる。なにせこの村の日用品は、オリハルコンやらミスリルやらの伝説級の金属が使われているからな。

浅く刻めば文字を掘ることも可能だ。

それにリーゼの前にある岩は、千二百年後でも見覚えがあるので、確実に手紙は届くな。

「きっと私が戻れなくてクルト様は心配なさっていると思いますから。時を超えた愛のメッセージ、ロマンがありますわね」

そう言われるとロマンがあるが、手紙には用件の何十倍もの長さの愛の言葉を書き連ねていることが容易に想像できるので、ロマンもへったくれもない気がする。

あと、それって、手紙じゃなくて、手鉛じゃないか？

しかし、本当に妙なんだよな。

ここまでクルトのことを考えているリーゼが、クルトのいないこの世界で正気を保っていられる理由がわからない。

「心配って、まだ一日経ってないから大丈夫だろ？　二十四時間経過したら戻るって言っているから、それまでに戻れば――」

「残念だけど、ユーリシアさん。未来に戻った時、微妙に時間のズレが出る可能性が高いんだよ。できる限り戻るはずだった時間に近付けるつもりだけどね」

ウラノ君はそう言って、岩の合わせ目に何かを塗り込んだ。

すると、岩から切れ目が全く見えなくなる。

「これで大丈夫だよ、リーゼロッテさん」

「ありがとうございます、ウラノ君。おりこうさんですね」

そう言ってリーゼはウラノ君の頭を優しく撫《な》でた。

「もう、子ども扱いはやめてよ。未来では僕の方が年上になるんだからね」

「そうでしたわね」

どうやら私がいない間にウラノ君とリーゼはすっかり仲良くなったようだ。

彼女がここまで男性に気を許すのは珍しいな、相手が子供だからだろうか？

そういえば、時間のズレが出る可能性に言及したってことは、何か準備が進んだのだろうか。

「ウラノ君、元の世界に戻る算段が付いたのか？」

「うん。まぁ、一応ね。本当はどこか都会の研究所で、ちゃんとした方法で元の時代に戻ってほしいんだけど、リーゼロッテさんが僕に任せるって言って聞かないんだよ。ユーリシアさんからも何か言ってよ」

そりゃ、都会の研究所でも、時間移動ができるとは思えないからな。

「いや、私もリーゼと同じ意見だ。ウラノ君を信じるよ」

私はそう言って、ウラノ君の頭に手を置いた。

ウラノ君が、「子ども扱いはやめてってば」と頬を膨らませて文句を言う。

本音で言えば、ウラノ君以外のハスト村の人にも相談する方法を考えたのだが、他の人を巻き込むのも避けた方がいいだろう。タイムパラドックスのこともあるしな。

「それで、どうやって元の時代に戻るんだ？」

「リーゼロッテさんたちがこの世界に来たきっかけとなった大精霊、それと同等の力を持つ人工精霊を作り出す」

「そんなことができるのかっ⁉」

いや、そういえばクルトも、大精霊ドリアードを復活させたことがあったか。

しかし、それはドリアードの元になる種があったからであり、なにもないところから精霊を作り出すことなんてできるのか？

そんな私の疑問を察したように、ウラノ君が説明してくれる。

「精霊はどこにでもいる、っていうのは知ってる？」

「ああ、そうらしいな」

たとえば水の精霊は水のあるところならどこにでもいるし、焚火《たきび》などをしていると火の精霊が集まってくる。

大精霊のような高位の精霊なら姿が見えるが、普通の精霊は姿を見るどころか気配を感じ取ることもできない。

私たちイシセマ島の島主一族は、戦巫女《いくさみこ》と呼ばれる精霊を身に宿す存在になるために、精霊と親和性を高める修業を子供の頃から受ける。

そのため私も、精霊の存在をわずかにだが感じ取ることができるのだ……とはいえ、感じ取るだけでどうこうすることはできないんだけど。

「精霊はこの世界を解明する上で欠かせないから、ずっと研究してきてね。さすがに僕も声は聞こえないけど、それでも意思疎通はできるよ。それで、精霊たちに集まってもらったんだ」

そう言って、ウラノ君は手に持っていた赤い球体を見た。

とても綺麗な石だが――

「それってもしかしてダンジョンコアかっ⁉」

かつてクルトと一緒にダンジョンに潜った際に手に入れたダンジョンコアとよく似ていた。

「正解。よくわかったね。正確にはダンジョンコアを改造して作った魔道具だけど。前にそこの行商人さんに売ってもらったんだ。僕の研究に役立ちそうだからね」

そう言ってウラノ君はヒルデガルドの父親を見た。

なるほど、大賢者の差し金ってわけか。

私が納得していると、ウラノ君は仮説を口にする。

「たぶん、ダンジョンコアっていうのは、古代人が作った魔道具なんだよ。ダンジョンコアを使えば、中に入っている魔力を使って瞬時に魔物を生み出したり、ダンジョンの中を改造できたりするでしょ？　魔力次第では、山を作ったり水を出したりもできるんだ。ここからは推測だけど、新しい大地を生み出すのに使われたのがこの魔道具で、すべての力を使い果たしたこれらは、人の手の届かない様々な場所に廃棄《はいき》された。だけれども、長い年月をかけて空気中の魔素を吸い、極僅《ごくわず》かな力を取り戻した結果、知恵ある魔物を生み出しダンジョンを作り出したんだと思う」

なるほど、世界を生み出したのがダンジョンコアだっていうのなら、一日で町を作り出す程度どうということはないな。

「なるほど……それで精霊を集めると、大精霊もやってくるのですか？」

リーゼがダンジョンコアを見て尋ねた。

「ううん、大精霊を作るって言ったでしょ？　集まってきた精霊を融合させて、融合精霊にするんだ。異なる種類の精霊を融合させると、失敗したら暴走して大変なことになるけど……まぁ失敗しないから大丈夫だよ」

ウラノ君はそう言って、ダンジョンコアから作ったという魔道具に魔力を注いだ。

若干だが、精霊が集まってきているのを感じる。

「これで元の時間に戻れるんですね」

リーゼがほっと息を漏らすと、ウラノ君が首を横に振る。

「実は問題が一つあってね……時空間の大精霊を使って未来に戻るには、同質の魔力が必要になる。そうしないと、どこに転移するかわからないんだ」

「同質の魔力？」

「そう、例えば未来にいる友達の魔力が籠った道具とか、持っていないかな？　それがあれば、この時代のその魔力と未来の友達の魔力の間に繋がりを作り、転移することができるんだけど」

魔力の籠った品か。

何かあったか？　と思ってみる。

クルトが作った雪華――は魔剣じゃないよな。

「リーゼの胡蝶はどうだ？」

「そうですわね。ウラノ君。これは未来の夫が鍛えた短剣なのですが」

「誰が夫だ、誰が」

私はすかさずツッコミを入れた。

「あら、私とクルト様はいつか結婚するんですから、未来の夫という言葉は嘘ではありませんわ」

「見せてもらっていい？」

そんなやりとりをスルーしつつ、ウラノ君は胡蝶を受け取り、それを見た。

魔力の解析《かいせき》でもしているのだろうか？

どうやって解析しているのかは、きっと考えるだけ無駄なのだろう。

「これはダメだね。リーゼロッテさんの魔力に染まっていて、作成者の魔力をほとんど感じられない。それにしても、剣を鍛える時に雑念が混じっているね。失敗作じゃないの、これ」

「……クルト様も失敗作だっておっしゃっていました」

凄いな。

本来なら伝説の一振りと言われても不思議ではない、大賢者も使っている胡蝶を、失敗作と言い切るとは。

しかし胡蝶がダメとなると、私たちの持ち物の中でクルトの魔力が籠っていそうなものはない。

こんなことなら、常備薬でも持ってくればよかった。

……いや、もしかしてクルトの魔力でなくてもいいのか？

たとえば、この時代にすでに生まれているヒルデガルドの……いや、ヒルデガルドは魔力欠乏症

だって言っていたじゃないか。魔力を使わせることはできそうにない。

とすると他には――

そこでふと、私は思いついた。

「そうだ、エレナだ！　未来でエレナは稼働していた。現在のエレナの魔力を使えば、未来のエレナの魔力とリンクできるんじゃないか？」

未来でエレナがいるとするなら、コスキートかホムーロスかその周辺国だろう。

クルトたちがいる場所にすぐに転移できないのは痛いが、そこから転移石を使って移動すれば、早めに剣聖の里に戻れるはずだ。

「それですわ！　さすがはユーリさん！」

リーゼも私の満点とも思える回答に頷くが、ウラノ君は渋い顔になった。

「エレナたんは難しいかな。エレナたんは周囲の魔力を吸収して稼働する都合上、一年に一度、魔力の吸収効率を上げるために自身の魔力を変異させるように作ってるんだ。だから、二人のいた時間と、今のこのエレナたんの魔力は同質じゃないんだよ。まぁ、コアの部分は既に完成されているから、魔力が変異しないように作り直すこともできるけど、未来のエレナたんにどんな影響が出るかわからない。せめて、数カ月以内のエレナたんの魔力があれば――」

「やっぱりそううまくは……」

待て、思い出せ。

大賢者は言っていた。

私は既に、未来に戻るためのものを持っていると。

何か見落としている。

魔力を繋げる何か……か。

私はそう思い、腰の雪華を見た。

「――っ！　あるかもしれない！　数カ月前のエレナの魔力！」

「え？」

「私はこの剣で、エレナの関節部の魔力を吸い取った。魔法吸剣《ドレインソード》って技で！　その魔力を使えるんじゃないか？」

「見せてもらっていい？」

ウラノ君はそう言って、私から雪華を受け取ると、それをじっと見た。

「……うん、変異はしてるみたいだけど、これは間違いなくエレナたんの魔力だ。これがあれば未来のエレナたんの場所に転移させることができる」

大賢者のヒントがなかったら危なかったな。

でも、これで元の時代に戻ることができる。

そうそう、忘れてはいけないのが、クルトの薬だな。

ウラノ君はこのあと、タイムパラドックスを起こさないために私たちに関する記憶を消す薬を飲むことになっている。であれば、ニコラスとソフィに預けるか。

あ、そういえばクルトの親って誰なんだ？

この時代にいるはずだが、詳しく聞いていなかった。

大賢者に会いに行って聞いてくるか？

そう思った時――

「ウラノ君！　大変だ、ソフィさんが！」

農家のおじさんがそう言って走り寄ってきた。

「――っ！」

ウラノ君は何も聞かず、血相を変えてニコラスの家に向かう。

これはよほどの異常事態に違いない。

もしかしたら、さっきのゴブリンたちの残党が村の中に入ってきたのかも。

「ユーリさん！」

「あぁ、私たちも行くぞ」

リーゼに促されて、私はウラノ君の後に急いで付いていった。

家に入ると、家主のニコラスがリビングで右往左往していた。

「ウラノ君、それにユーリシアさんとリーゼロッテさんも。わざわざ来てくれたのか」

ニコラスはウラノ君と私たちを見て笑顔を浮かべるが、無理して笑っているようだ。

「うん、それで――」

ウラノ君が尋ねた。

「ああ、陣痛《じんつう》が始まった。いま、カエ婆がお産に立ち会ってくれているが」

「……陣痛が……」

ウラノ君の顔から血の気が失せた。

「ソフィさんは妊娠していましたの？」

リーゼが尋ねた。

……そうか、だから、ニコラスはできる限りソフィの側にいてあげようとしたり、何かと物を持ってあげようとしたりしていたのか。

思い返せば、着ていた服も、お腹が目立たないようにするためのものだったのだろう。

自分たちのことで精いっぱいで、そんな簡単な観察を怠《おこた》っていた。

「うん、三十五週目だよ……まだ陣痛の始まる時期じゃない……くそっ」

ウラノ君が机を叩く。

三十五週目か。確かに出産は三十七週目くらいからが普通と言われてたはずだから、それより二週間ほど早い。

「確かに早いですけれど、三十五週目なら、村の医療体制が整っている以上問題ないのでは？」

リーゼは何も知らないらしく、一般論を述べる。

確かに、三十五週目の出産はよくある話だし、ハスト村がどういう村か知っていたらそういう発言もできるだろう。

だが――

「うちの村はなぜか子供が非常に生まれにくくてね。特に早産となると、ソフィも子供も危ない状態になる」

ニコラスが青ざめた表情で言う。

「そんな……本当になんとかなりませんの？」

「僕の母さんと同じだ。ソフィ姉さんと僕を産んで、三人目を産む時に同じように……くそっ」

ウラノ君はソフィの弟だったのか。

だから、ニコラスはウラノ君を夕食に誘ったりして気にかけていたんだな。

いや、今はそんなことを考えている時じゃない。

私は手元の薬を見た。

この薬を渡せば、ソフィとその子供は助かるが……でも、クルトはどうなる？

大賢者が言っていた。

この薬がない場合の未来を知らないと。

つまり、ここで彼らに薬を渡した場合、クルトが生まれてこないかもしれないのだ。

「ユーリさん、その薬はなんですか？」

「これは……」

私はリーゼに、この薬について大賢者から教えてもらったことを伝える。

それを聞いたリーゼは、私の手を握ると、そのまま薬を自分の手元に引き寄せた。

私は逆らわない。

自分で選択することを避け、リーゼに託してしまった。

リーゼだったらきっと、クルトを優先して彼らに薬を渡さない――

「ニコラスさん、この薬を使ってください。安全に子供を産むための薬です」

「――っ！」

リーゼは私の話を理解していなかったのか、薬をニコラスに渡した。

ニコラスは薬を受け取り、その薬とリーゼの顔を交互に見る。

「リーゼロッテさん？」

「早くしてください。奥さんのこと、助けないといけませんわ」

「ありがとう！」

ニコラスはそう言って、ソフィのいる奥の部屋に入っていった。

もう止めることはできない。

私は身体の力が抜け、その場に座り込んだ。

「ユーリシアさん、あの薬、貴重な薬だったんじゃ」

ウラノ君が尋ねた。

「あぁ、一本しかない薬だ……でも、もういいよ」

私がそう言うと、ウラノ君は涙を流す。

「ありがとう……僕はこれから二人が元の時代に戻れるように準備を始めるよ」

そう言って家を出ていった。

私とリーゼ、二人きりになったところで、私は問いかける。

「リーゼ、なんで？」

「クルト様なら大丈夫です。もしもここでソフィさんと子供を見殺しにして帰ったら、私は絶対にクルト様に怒られます。アクリにも合わす顔がありません」

「……クルトが生まれてこなかったら、怒ってもくれないぞ。未来が変わったら、アクリが生まれてこないかもしれない」

「クルト様は生まれてきます。私とクルト様の間には愛の絆があるのですから」

「お前、そんな理由で……いや、そうだな」

リーゼを見ると、足が少し震えていた。

こいつだって……いや、こいつだからこそ、クルトが生まれてこない可能性を作り出したという恐怖は誰よりもあるだろう。

それでも、彼女は決断した。

クルトが同じ立場だったら、きっとあいつも薬を渡すように言っただろうから。

あいつはそういう奴だ。

……ていうか、クルトが生まれてこなかったら、どうなるんだ？

クルトがいなかったら、私も過去に来ることはなかっただろうし、大賢者の弟子にもならなかっただろう。そうすると、大賢者は別の弟子にクルトが生まれるように行動したんじゃないか？

そうしたらクルトは無事に生まれ、私たちとも出会って――ってあぁ、そうか。

これがタイムパラドックスってやつか。

つまり、クルトが生まれてこなかったら、世界が滅ぶかもしれないってことか。

なんて賭けに乗ってしまったんだ。

まぁ、それでも、私はリーゼの選択を尊重しようと思う。

リーゼに賭けたのは私なんだ。

本当に世界が滅んだら、私は未来、現在、過去、すべての人間に土下座してまわらないといけないな。

しばらくして、ニコラスが部屋に戻ってきた。

ソフィの容体が安定したと教えられ、何度も感謝された。

ソフィを見殺しにしようか考え、その選択さえも放棄してすべてリーゼに託した私に感謝される資格なんてないっていうのに。

そして――

子供の泣き声が奥の部屋から聞こえて、お婆さんが出てきた。

「無事に生まれたよ。元気な男の子だ」

カエ婆と呼ばれていた産婆さんだろう。

彼女は薬を提供した私たちに礼を言って、家を出ていった。ウラノ君にも知らせてくれるそうだ。

そんな彼女の背を見送っていた私たちだったが、不意にリーゼが興奮し始める。

「……ユーリさん！　ユーリさん、感じませんか!?」

「感じるって何を」

「本当に感じないのですか!?」

「だから………なに……を……」

私はあることに気付き、ニコラスと一緒にソフィがいる部屋に入った。

「あぁ、ユーリシアさん、リーゼロッテさん。ニコラスから聞いたわ。私のために薬を譲ってくれたそうね。本当にありがとう。私だけじゃなく、この子の命を助けてくれて」

「僕からももう一度、ううん、何度でもお礼を言うよ。僕にできることがあったら何でも言ってほしい」

ソフィとニコラスが私たちにお礼を言う。

「あの、赤ちゃんを見せてもらってもいいですか？」

私がそう言うと、ソフィは笑顔で了承してくれた。

ソフィの隣には、生まれたばかりの赤子が眠っている。

その赤子を見て、リーゼは涙を浮かべていた。

いや、リーゼだけじゃない。私も涙が止まらない。

「ソフィ！　ありがとう！　本当にありがとう！　お疲れ様、愛している。君が無事で本当によかった。これが僕の子供か。とってもかわいい！」

ニコラスは感情が高ぶって、なにがなんだかわからなくなっている。

「そうだ、名前だ！　この子の名前、いろいろ考えたんだ」

「ニコラス、ありがとう。でも、この子の名前、私はもう考えているの」

ソフィが笑顔で言った。

「そうなの？」

「ええ。ユーリシアさんとリーゼロッテさん。私とこの子の命を救ってくれた――ううん、ゴブリンから守ってくれたという意味じゃ、村人全員を守ってくれた、その二人が英雄と呼ぶ人の名前よ。いつか二人みたいに多くの人の命を救うようにって意味を込めて」

「え？　二人の言っていた英雄の名前ってたしか――」

ニコラスは私たちが言った名前を思い出そうとしていたが、ソフィはその答えを待たずに告げた。

「クルト。この子の名前はクルト・ロックハンスよ」


やっぱりそうか。

子供が生まれた時、クルトの気配を感じた気がしたんだ。

それでようやく合点がいった。

リーゼがこんなにクルトと離れていてもおかしくならないのは、ソフィのお腹にいるクルトの気配を感じていたから。

そして、ウラノ君のことをクルトがおじさんと呼んでいたのは、中年男性に対する呼び名ではなく、母親の弟、血縁上の叔父《おじ》さんだったから。

ついでにリーゼがウラノ君と仲良くなれたのもクルトの親戚《しんせき》で、一番クルトと年齢が近かったからだろう。

大賢者の奴、ソフィの子供がクルトだって教えてくれたらよかったのにな。

そうしたら私もこんなに悩まずに済んだだろうに。

「クルト様の誕生の瞬間をこうして目の前で見ることができるとは……生まれてきてよかった」

リーゼが涙を流し、神に感謝の祈りを捧げ始めた。

「それはクルトが？　それともお前が？」

「世界が！　です！」

リーゼのやつ、とうとう世界の誕生に対して喜びを見出すようになったか。神に感謝するわけだ。

これは重篤《じゅうとく》だな、クルトの薬でも治りはしない。

そう思っていたら、ウラノ君が戻ってきた。

「生まれたんだ！　おめでとう、ソフィ姉さん」

「ありがとう、ウラノ」

そして、ソフィはまだ目も開いていないクルトの顔を、ウラノ君に向ける。

「ほら、クルト。ウラノおじさんですよ」

「おじさんはやめてよ」

「あら、あなたは私の弟で、クルトは私の子なんだから、あなたはもうおじさんよ？」

「そうだけどさ……」

「あの、ソフィさん。ニコラスさん。大事な話があります」

リーゼが突然涙を止めて、真剣な顔で言った。

「息子さんを私にくださ――」

私はリーゼの頭を叩いて黙らせる。

いきなりなにを口走ってるんだ。

普通は断る話だろうが、しかしリーゼはこの子とソフィにとって命の恩人でもある。その恩に報いるために了承しかねないってのに、どうするんだ。

そんな私たちを横目に見ながら、ウラノ君が話を切り出す。

「ソフィ姉さん。ユーリシアさんとリーゼロッテさんはもう帰らないといけないんだ。僕は見送ってくるよ」

「あら、そうなの!? お礼に夕食でもと思ったのに」

ウラノ君のおかげで、リーゼの婚約の申し込みをうやむやにすることができた。

ん？

ってことは、時空を操る人工精霊が完成し、元の時代に戻れるってことか？

「そうだ、この子の髪の毛、先っちょ、ちょっとハサミで貰っていい？ お姉さんたちの国の慣習で、生まれたばかりの赤ん坊の髪は、将来の安産祈願のお守りになるそうなんだよ」

そんな話をしたことはないが、それを聞いたソフィは意味ありげな目で私たちを見て、頷いた。

「ええ、そういうことだったら。喜んで」

ソフィの言葉を受けて、ウラノ君は小さなハサミでクルトの髪の端を切って、ハンカチに包んだ。

そして、クルトの頭を優しく撫でる。

その顔は、親戚のおじさんというよりは、年の離れたお兄さんという感じだった。

私とウラノ君は、もっとクルトの側にいたいと我儘《わがまま》を言うリーゼを引っ張って、広場に来た。

途中、クルトが無事に生まれたことを聞きつけてニコラスの家に向かう村人たちとすれ違い、いろいろと話を聞かれたた。

おっと、忘れてはいけないことがもう一つあった。

「いやぁ、さっきも例の黒いのがうようよしててな」

「あぁ、一匹見かけたら十四はいるからな。薬を撒《ま》いて追い払わないといけないな」

ちょうど通りがかりの人が虫を駆除して帰ってきた話をしていたので、その薬を分けてもらったのだ。転移先は殺虫剤があった方がいいって大賢者が言っていたからな。

広場に辿り着くと、リーゼが残念そうに口を開く。

「もっとクルト様と一緒にいたかったですわ」

「まだ言うか」

「やっぱり、あのクルトがお姉さんたちの話に出てきていた好きな人なんだね」

「なっ、誰も好きな人だなんて言ってなかっただろ」

「ユーリさん、往生際《おうじょうぎわ》が悪いですわよ」

リーゼがいため息をついて言う。

「不思議な感じだな。僕の甥《おい》っ子がそこまでモテモテになるだなんて。どんな風に成長するんだろ」

ウラノ君はそう言うと、広場の隅に置いてあった作りかけのエレナを持ってくる。

そして、側に置いてあった一つの卵も持ってきた。

「これが時空を操る大精霊の卵なんだよ。ここに、生まれたばかりのクルトの髪の毛からこの時代の、お姉さんたち二人の髪の毛から未来の情報を覚えさせる。お姉さんたち、髪の毛を一本貰っていい？」

「ええ、構いません」

「私もだ」

情報？　と思いつつ、リーゼがハサミで髪を一本切っている間に、私は指で髪を引っこ抜く。

少し痛みが走り、一本ではなく二本の髪が抜けていたことに気付いた。

まぁ、二本とも渡しておくか。

「一本でよかったのに。まぁ、もう一本はエレナたんの基礎知識入力にでも使わせてもらうよ」

ウラノ君はそう言うと、私たちの髪の毛を卵の中に吸収させた。

私の残った髪はエレナの頭の中にねじ込まれる。

「これで時間の情報が入力された。この卵はこの時代と千二百年後を繋ぐ力を得て、また、生命としての情報も得た」

「生命としての情報？」

「この精霊の卵は、将来ユーリシアさん、リーゼロッテさん、そしてクルトの遺伝子情報を持って生まれてくることになる。お姉さんたちを未来に運ぶという己の役目を終えて、しかるべき未来のどこかに時空間転移を果たした後にね。たぶん、お姉さんたちが言っていた時空の大精霊として」

「それがアクリっ⁉」

「ということは、ユーリさん。アクリが私たちをママと呼ぶのは⁉」

私はその言葉を聞いて、自分の勘違いに気付いた。

最初に見た男性であるクルトをパパと言い、次に見た女性である私とリーゼをママと呼ぶアクリには、一種の刷り込み現象が起きているのではないかと思っていた。

だが、違った。

遺伝子という言葉はよくわからないけれど、正真正銘、アクリは生まれる前から、私とクルトとリーゼ、三人の子供になることが決まっていたということだ。

「私、今の時代のクルト様をずっと見ていたいと思っていましたが、今は違います。早く未来に戻って、クルト様とアクリを抱きしめたいです」

「ああ……本当にな」

私とリーゼが頷き合っていると、いつの間にか足下に魔法陣が浮かび上がっていた。

いったいいつの間に？

ていうかこの魔法陣、よく見たら、ヒルデガルドが半生を費やして作った魔法陣じゃないのか？

ウラノ君は、この一瞬で作り上げたのか。

このことはヒルデガルドには黙っておいたほうがよさそうだ。

「そうだ、ウラノ君。記憶を消す薬を飲む前に、行商人さんに言伝を頼みたいんだ」

「いいけど、なに？」

「この卵の転移先を伝えておいてくれないか」

私はそう言って、ヒルデガルドの父親に、このアクリの卵の転移先とその時間を教えた。

これは大賢者に頼まれた言伝で、聞いた時は何のためにと思っていたが、今なら理解できる。

私が大精霊の卵の転移先をヒルデガルドの父親に伝えることで、その情報はヒルデガルドへと伝わり、そしてソルフレアへと伝わる。

私とソルフレアのアクリを巡る攻防がなければ、ヒルデガルドを救出することはできない。

たぶん、大賢者の言うところの正しい世界に必要な手順なのだろう。

「うん、わかった。絶対に伝えておくよ」

ウラノ君は私のお願いを聞き届けてくれた。

「ウラノ君、覚えていたらクルト様の思い出の品をいくつか研究所に残しておいてくださいませ。千二百年後に取りに行きますから」

「そっちは記憶を失ってからになるから約束はできないけど、覚えていたらやっておくよ」

ウラノ君はそう言って苦笑いを浮かべた。

無理な願いをするなよリーゼ、ウラノ君が困ってるじゃないか。

そして、私とリーゼは、ふたりでアクリが生まれてくるという卵を持ち、魔法陣の中に入った。

魔法陣が強い光を放つ。

結局、ハスト村がなくなっている理由だけは、ポラン教会が関わっているかもしれないということ以外ほとんどわからなかったな。

「さようなら、お姉さん」

「ああ、また会えたらその時は再び自己紹介をさせてもらうよ、ウラノ君」

たぶん、もう二度と会えない。

そんな言葉が脳裏をよぎったが、それでもいつか会える日を願う。

「私とクルト様の結婚の時は、ぜひ親族として出席してください！」

そんなリーゼの空気の読めない言葉とともに未来へと戻ろうとして――

「あ、そうそう。なぜかお姉さんの魔法剣、二人分の魔力が混ざり合ってたから、もしかしたらエレナのいる場所とは別の場所に転移しちゃうかもしれないんだ。でも元の時代に戻れるには変わりないから大丈夫だよね？」

とウラノ君がとんでもないことを言ってきた。

そして、私は気付けば――

◇◆◇◆◇

僕――クルトのところに転移してきたアクリは、確かにユーリシアさんの気配を感じると言った。

気配なんて抽象的な言葉を覚えたのは、ユーリシアさんの影響かな？

そういえば、リーゼさんも「クルト様の気配を感じたと思いましたら、やはりこちらでしたの？」とか言っているから、そっちの影響かもしれない。

それにしても――

「ユーリシアさんの気配がここに？　リーゼさんの気配は？」

僕はアクリに尋ねた。

「うーん、ユーリママのけはい、今はないの。リーゼママも」

「そっか……」

アクリの勘違いだろうか？

ここにいるのはゴルノヴァさんとゴランドスさん、そして、その仲間だけだし。

そもそも、僕は気配っていうものがよくわからない。

もしかしたらアクリは、凄腕の剣士の気配をユーリシアさんの気配と思い込んでいて、ゴルノヴァさんのことをユーリシアさんだと間違えたのかも。

「アクリ、ここで待っていてくれる？　僕はゴルノヴァさんの夕食を作ってすぐに戻ってくるから」

「すぐって、どのくらい？」

うーん、料理を作るだけなら数秒から数十秒でできるかな。

「一分で戻ってくる。一分はわかる？」

「わかるの！　ろくじゅーかぞえてまってるの！」

「うん、お願い」

僕はアクリがゆっくり数字を数え始めたのを確認し、倉庫にあった芋のうち食べごろのものを選ぶ。そしてさっきの部屋に戻り、ゴルノヴァさんとゴランドスさんたちの分の夕食を作って配膳《はいぜん》した。もちろん、アクリの分は別に作っておく。

「クルト様。我々の分まで作ってくださったのですか？　あの、本当にいつの間に？」

ゴランドスさんが驚いた様子で尋ねてくる。

ごめんなさい、本当は手抜きです――とは言えない。

煮込み料理とか作ろうと思ったら、一分では足りない。あと十秒くらい必要になる。

「いえいえ、気にしないでください。あ、これから緻密《ちみつ》な作業が続くので、奥の部屋に料理とエレナを運びますね」

「かしこまりました。ではエレナは我々が」

「いえ、僕がやるから大丈夫です」

「では料理を運び――」

「本当に大丈夫ですから」

僕はそう言って、百キロ以上あるエレナを背負って左手で支え、右手に料理の載《の》っているプレートを持って奥の食糧庫に戻った。

「よん、じゅーななー……あ、パパ、おかえりなさい」

アクリはまだ四十七を数えたところだった。

子供だから数字を数えるのが少し遅いみたい。

そういえば、お風呂《ふろ》でも「十数えてから出ましょうね」と言う時はゆっくり数えているから、その影響かもしれないな。

「ねぇ、パパ。それなに？」

アクリがエレナに興味を示した。

「だれ？」じゃなくて「なに？」って尋ねてきたってことは、人間じゃないことには気付いているようだ。

「これは、パパとウラノおじさんが昔作ったゴーレムだよ」

「きれーなの！　ウラノおじさんってだれ？」

「ウラノおじさんっていうのは、ええと、僕の叔父さんだから、アクリにとっては大叔父さんになるのかな？」

でも、そんなことを言ったらおじさん怒るかな。「僕はまだ二十代だ、おじさんって言わせるな！」って周囲にこぼしていたから。

でも、それを僕に直接言わないあたり、ウラノおじさんは優しい人だったな。

「いろんな研究をしている凄い人だよ」

僕はそう言って、エレナの記憶を封印している魔法回路を展開させた。

「これ、まほーじん？」

「魔力が流れて効果が発揮するっていう点では同じかな……」

僕はアクリに魔法陣の仕組みについてわかりやすいように教えた。

だけど半分理解して、半分はやっぱり難しくてわからない感じだった。

外ではアクリがいなくなって心配していないだろうか？　と思ったが、シーナさんに、「パパのところに転移する」と言ったそうなのでわかってくれているだろうとのこと。

それでも、夜が明ける頃には、アクリの魔力が回復するだろうから、無事でいるという手紙を届けてもらわないと。

それから集中して作業をしていたんだけど、何度かゴルノヴァさんが叫ぶのが聞こえた。

「酒とつまみを用意しろ！」

「トイレの掃除だ」

「風呂の準備くらいしておけ！」

そんな呼び出しばかりだったので、そのたびに部屋を出て準備をして戻るという行動を繰り返す。

「パパ、だいじょーぶ？」

「うん、昔はいつものことだったから」

心配するアクリの頭を撫でて返事をする。

そろそろいい時間なので、着ていた上着を、持っていた裁縫道具を使って簡易な布団に作り替えて、アクリを寝かせる。

僕は朝までにはエレナの封印を解こうと努力したが、半分も終わらないうちに朝が来てしまった。

扉の前で交代で見張りをしているゴランドスさんの仲間に、挨拶《あいさつ》をする。

「おはようございます」

「クルト様、昨日は夕食ありがとうございました。俺、あんな美味しい夕食を食べたのは初めてです。感動しました。もう普通の飯を食べることができません」

なんて、明らかに大げさな世辞を言ってくれた。

それから、全然手入れがされていなかった炎の剣の調整をし、ゴルノヴァさんが起きる前に朝食の準備をして、ゴルノヴァさんを起こす。

続けて倉庫に戻った僕は、エレナの封印を解きながら、アクリの朝の支度をする。

アクリに届けてもらうための手紙も用意したんだけど、どうも転移できないとアクリが言い出してしまった。

ただ、その原因はすぐにわかった。

昨日、アクリはこの部屋で寝ていたのだ。

どうやらアクリも自分では魔力を生み出さず、無意識に周囲の微精霊が持っている魔力を吸収して自分の魔力にしているらしい。

そして、同じ部屋にいたエレナも、周囲の微精霊の魔力を吸収して記憶の封印を維持しているようで、アクリが吸収する前に、そちらに持っていかれているのだ。

これは、先にエレナの修理を終わらせないといけない。

僕はそう思い、作業を再開させる。

昼食の準備とか掃除とかお茶汲《く》みをこなしながら……なんとか夜には完成させた。

たくさんお昼寝をして、夜だというのに目が冴《さ》えているらしいアクリが尋ねてきた。

「パパ、おわったの?」

「うん、終わったよ」

僕は最後の魔法回路を解除し、頷く。

とりあえずエレナの記憶の封印は完全になくなったので、これでアクリの魔力は徐々に回復していくはずだ。

あとは、エレナを再起動させたら、彼女の記憶の正体を知ることができる。

本当はプライバシーの観点からやめたほうがいいんだけど、記憶の元となった人は、もう千二百年以上も前に亡くなっているはずだから、きっと許してくれるだろう。

そう思い、起動回路に魔力を流す。

――刹那《せつな》、足元に魔法陣が展開された。

「え!?　罠!?」

ウラノおじさんが僕に気付かれないような罠をしかけていたのだろうか。

たとえば、エレナの記憶を全部消してしまうような。

僕は何があるかわからないので、魔法陣を背に、アクリを抱きかかえた。

そして――

「え？　クルト様っ!?　アクリっ!?」

「リーゼさんっ!?」

魔法陣が消えた時、そこにいたのはリーゼさんだった。

「これは愛の！　家族の絆の勝利ですわ！　まさか、現代に戻ってきたら、会いたいと思っていたクルト様とアクリがいるだなんて」

リーゼさんが驚きの声を上げていることから、どうやら意図的にこの場所に転移してきたわけではないようだ。

そう思っている間にも、リーゼさんが僕に向かってジャンプしてくる。

「いい加減にしろ」

と、いつものようにリーゼさんは怒られた。

「まったく、クルトが混乱してるだろ。それで、ここはどこだ？　剣聖の里の中なのか？」

彼女はそう言って周囲を見回す。

その反応は、ユーリシアさんそのものだったが――

「リーゼさん、どういうことですか？」

僕はリーゼさんに尋ねた。

リーゼさんも、状況が呑み込めないのか、首を横に振る。

「わかりません、確かにユーリさんと一緒にこの時代に戻ったはずなのですが」

リーゼさんも状況がよくわかってないようだ。

「は？　何言ってるんだ。リーゼ。それにしても、いつの間にこっちの時代に戻ってこられたんだ？　ウラノ君にもしっかり別れを言いたかったのに」

彼女はやはりユーリシアさんと同じような口調で言った。

「あの……もしかしてユーリシアさんですか？」

「なんだよ、クルトまで変なことを言って。あぁ、突然現れたら驚くのは無理ないが」

肯定も否定もしない。

むしろそれがユーリシアさんらしい答えだった。

僕は持っていた短剣を抜き、それを彼女に渡す。

「なんだ、クルト。急に短剣なんて抜いて」

「ユーリシアさん、その短剣に映っている姿を見てください」

「……なにか顔についてるか？」

彼女はそう言って、自分の姿を見る。最初、「ん？」となって目を細め、そして顔の向きを変えながらその短剣を覗《のぞ》き込《こ》む。

「なっ……なんで私がエレナの姿になってるんだ⁉」

そう、ユーリシアさんの口調で喋っていたのは、エレナだったのだ。

いったい、なんでこんなことになってるのか、僕にもわけがわからなかった。

◇　◆　◇　◆　◇

「なんでこんなことになってるんだっ！」

元の時代に戻ったと思ったら、私――ユーリシアは四体の悪魔に囲まれていた。

「えっ⁉　ユーリシアちゃんっ⁉　本物なの。悪魔が化けてるんじゃないよね？」

ミミコが魔法銃を構えたまま尋ねた。

「ミミコ、ここは一体どこだ？」

「ここは魔神王の軍勢のど真ん中だよ」

おかしい、なんでこんなところに。

エレナの魔力と繋いで転移したんだから、エレナのいる場所に出るはずだろ⁉

いや、そういえばウラノ君は二人分の魔力があるって言っていたな。

「いったいどうやってこの場所に……」

なんかシルクハットをかぶっている黒いのっぺらぼうの魔族っぽい男――たぶん、魔神王の配下だろう――が混乱している。

しかし、それ以上に混乱しているのは右前方にいる上級悪魔だ。

《なっ、き、貴様はっ！　なぜここに貴様がいるっ！》

ん？　上級悪魔？

私が魔法吸剣《ドレインソード》で魔力を吸い取ったのは、二人だ。

一人はさっき話した通りエレナ。

そして、もう一人は、初めて魔法吸剣《ドレインソード》を使った相手……上級悪魔だった。

そうか、こいつの魔力を辿って、こっちに転移してしまったのか。

ていうか、まだ完全に滅んでいなかったのか。本当にしぶとい種族だな。

《気をつけろ！　あの女はハスト村の人間の関係者だ！》

上級悪魔がそう言って仲間に警戒を促す。

《なに、ハスト村だと！》

《ハスト村は滅んだんじゃなかったのか》

《俺、この戦いが終わったら天使に生まれ変わるわ》

悪魔たちの中に動揺が広がった。

「ユーリシアちゃん、どういうことなの？」

「いや、悪魔って、ハスト村の人間が天敵みたいなんだよ」

私はかつてクルトから聞いた話を思い出して言った。

精神生命体である悪魔にとって、ハスト村の人間の異常な行動というのは精神を蝕《むしば》む、つまりは体そのものを蝕む行為らしく、悪魔はハスト村の人間と関わるだけで死んでしまうのだとか。

それに、ハスト村の人間は上級悪魔対策にいろいろと講じていたという。

「落ち着いてください、悪魔の皆さん！　相手はたかが女二人、上級悪魔四人が束になったらひとたまりもないではありませんか！」

のっぺらぼうの魔族がそんなことを言う。

《……そうだったな、女二人、しかも一人は動けないんだ》

《関係者といっても村の人間じゃないんだろ？》

《ふっ、俺は最初からわかっていたぞ》

《そうだ、あの時の復讐を――》

なんか、上級悪魔から小物臭がするなぁ。

まぁ、確かに私は一人の上級悪魔と戦うのがやっとだ。

――普通に考えたら。

「これ、ハスト村印の魔法玉。黒くて一匹見かけたら十四いるといわれるアレを一網打尽にできるという魔法の薬入り」

私がそう言って魔法玉を構えると、上級悪魔たちはいっせいに天幕から逃げ出そうとした。

しかし私が魔法玉を投げるのが先だったようで、魔法玉が床にぶつかった瞬間、周囲に無色透明の液体が飛び散る。

その液体にわずかでも触れた上級悪魔たちは、まるで塩をかけられたなめくじのようにみるみる溶けていった。

「効果は抜群だね。それで、ミミコ、いつまでそのポーズをしてるんだ?」

上級悪魔の消滅を見届けてから、いまだに謎のポーズを取っているミミコに尋ねる。

「やりたくてやってるんじゃなくて、吸血鬼《ヴァンパイア》の呪いなの。ユーリシアちゃん、悪いけど私の腰にある袋から、クルトちゃんの常備薬をとって飲ませてくれる?　幸い口は動くみたいだから」

「あぁ、わかった」

私は言われた通り、薬をミミコに飲ませた。

ミミコはすぐに硬直状態から解放され、自分の手を握ったり開いたりして体の無事を確認する。

「うん、無事に動けるようになった。これで形勢逆転ね」

ミミコが銃をのっぺらぼうの魔族に構えて言った。

「バカな、上級悪魔が一瞬で全滅だと?　吸血鬼《ヴァンパイア》が命と引き換えに発動させた呪いが一瞬で解けただと！　ありえん、ありえんありえんありえんありえんありえんありえんありえん」

のっぺらぼうの魔族はそう言って顔を掻《か》きむしる。

そして、覚悟を決めたようにこちらに顔を向け……

「こうなったら、私が真の実力を――」

――バァンッ！

真の実力を出す前に、ミミコが放った魔法銃によって上半身を失ってしまった。

これから本気を出そうとしている相手に不意打ちとか、容赦ねぇな。

魔法銃の音を聞きつけたのか、天幕の外から二人の吸血鬼《ヴァンパイア》が入ってきた。

二人は状況を見るなり、魔法の準備をする。

相手は吸血鬼《ヴァンパイア》、普通の武器は効かない。しかし――

「遅いっ！」

ミスリルとアダマンタイトの合金で作られている雪華の敵ではなかった。

私が吸血鬼《ヴァンパイア》を一人倒す間に、ミミコももう一人倒していた。

さすがはファントムの纏め役だ、暗殺の腕は全然鈍っていない。

「逃げるよ、ユーリシアちゃん！」

「ああ、わかった」

天幕の外に出ると、そこはミミコの言う通り敵陣のど真ん中だった。

「ゴブリン、オークにオーガ、リザードマン、低級な魔物ばっかりだけど、この数はさすがにきついね！」

私とミミコは一直線に敵陣地の外を目指す。

向かってくる敵は、全員雪華の餌食《えじき》とした。

「不死生物《アンデッド》がいなくなっただけマシだと思って」

「さっきの魔族が死霊使い《ネクロマンサー》だったのか!?」

「いいえ、たぶんあれは指揮官。少しは召喚していたかもしれないけれど、主に不死生物《アンデッド》を召喚していたのは悪魔の方だと思うよ。上級悪魔が四体もいるなんて想定外だったわ。本当によく生きて出られたわね」

「あぁ……ハスト村で貰《もら》ったおっちゃんの薬がなかったら危なかった」

「あの薬、ハスト村で貰ってきたの？　でも、ハスト村の人って戦闘できないんじゃなかったっけ？　悪魔と戦えるの？」

不思議そうな様子のミミコに答えてやる。

「なんか、害虫駆除みたいなノリだったぞ？」

「あ、そういえば掃除適性ＳＳＳの中には、害虫駆除の項目もあったっけ。オフィリアちゃんのところの工房に出ていた黒いアレも、クルトちゃんの手にかかればちょちょいのちょいだったわよ」

「てことは、あの村にとって、ゴーレムは鉱石で、トレントは木材で、上級悪魔は害虫だってことか」

今度、クルトを虫系の魔物とでも戦わせてみようかな？

案外、あっという間に倒してしまうかもしれない。

あぁ、でも、本当のところはハスト村印の殺虫剤の効果があったわけじゃなくて、ハスト村の人間の異常な行動が悪魔に対する精神攻撃になっていただけかもしれない。

そうのんびり思いながら移動していたら、前方を敵で固められた。

思ったより魔物たちの動きが纏まっている。

指揮官が死んでも指揮系統は崩れていないのか。

「もう一発、でかいのぶちこむよ」

ミミコはそう言って、さっきとは別の魔法銃を構えた。

「いけ、ミミコ！」

私の声に応じるように、ミミコの放った魔法銃が強い光を放ち、その先にいた魔物たちの姿は綺麗に消滅していた。

本当にとんでもない武器だ。

敵のいなくなった場所を、私とミミコは走り抜ける。

左右と後方から飛んでくる矢は精度が低くて、弾き飛ばすまでもない。たまに危なそうなものを叩き落とすだけで、敵陣の中央を突破することができた。

「てか、ミミコ。いつの間にその魔法銃を量産してたんだ？」

「ユーリシアちゃんがいない間よ。だいたい、三週間近くもなにをしてたの。リーゼロッテ様からの手紙が届いていなかったらどうするつもりだったのよ」

「三週間近くっ⁉　こっちじゃそんなに時間が経ってたのか」

正確な時間に戻れないって言っていたけど、まさかそこまで誤差が出るとはな。

リーゼが手紙を出していなかったら、ずっと心配させたままだっただろう。

にしても、あの金属板、ちゃんとこっちの時代に届いたのか。

「あ、そうそう、昨日ファントムから連絡があったの。なんか知らないけど、里にゴルノヴァが入り込んでいたみたいでさ、なぜかクルトちゃん、ゴルノヴァと一緒に行動しているみたいなの。エレナってゴーレムも一緒みたい」

「なんだってっ⁉　いや、むしろ好都合か。リーゼはたぶん、エレナの近くに転移しているはずだからな」

「え？　それ本当なの？　うわぁ、ややこしいことになってる」

ミミコはそう言って目を細めた。

もちろん、こんな雑談をしている間も敵の攻撃が休まることはない。

先ほど魔法銃でこじ開けた道もなくなりかけている。

「ミミコ、さっきのもう一発！」

「無理。二丁しか魔法銃持ってきてないから」

「なんでだよ！」

「本当は相手の指揮官を暗殺して、気付かれないうちに帰るつもりだったのよ。ということで、ユーリシアちゃん、あとは任せた！」

「え⁉」

すると、ミミコの奴の気配がどんどん薄くなっていく。

今では隣にいるのにほとんど気配を感じなくなった。

「ミミコ、お前っ！」

まさか、私を囮《おとり》にして一人で逃げる気か？

「ユーリシアちゃんなら大丈夫！　生きてクルトちゃんに会うため頑張れ！」

「くそぉぉぉっ！」

私はそう叫んで魔物の群れに突っ込んでいった。


なんとか逃げ切った。

◇　◆　◇　◆　◇

妙なことがあるものです。

まさか、エレナというゴーレムの中に、ユーリさんの記憶があるだなんて。

読めませんでした。私――リーゼロッテの目をもってしても。

まぁ、私の目はクルト様に関すること以外、節穴だという自覚はあるのですけれどね。

「なんでエレナの中にユーリシアさんの記憶が……」

あぁ、困惑するクルト様の横顔も素敵ですわ。

生まれたばかりのクルト様も愛らしかったですが、やはり現在のクルト様が一番素敵です。

それでも、クルト様が困っているのですから、しっかりと考えなければ。

「あぁ、思い出しました。そう言えば、ウラノ叔父様が、ユーリシアさんの髪の毛を使って、そのゴーレムに何か細工をしておりましたわ」

千二百年前ではウラノ君と呼んでいましたが、クルト様の叔父様でしたら、私にとっても叔父様ですから、そう呼ばせていただきます。

「ウラノおじさんが？　それが記憶に……そうか。リーゼさん、ヴィトゥキントさん――お父さんの方が作った魔道具、覚えていますか？　毛髪から魂のデータを読み取る機械」

「え？　えぇ……ありましたわね、そういう魔道具が。もしかして――」

「はい。エレナにも同じ機能があったんですよ。髪の毛一本から魂の情報を読み取る機能が。それを元に、エレナの記憶が形成されたんだと思います」

「つまり、自分のことをユーリシアだと認識している私は、ユーリシアの複製品ってことか……」

エレナはそう言って項垂《うなだ》れました。

まぁ、彼女がこうなるのも無理はありません。

なぜなら――

「……ユーリママのけはいがするけど、ユーリママじゃないの」

私の後ろでアクリが怯《おび》えているからです。

元の世界に戻ったら抱きしめてあげたいと思っていた娘に怯えられるというのは辛いですわね……そういえば、この彼女の記憶は、髪を抜いたタイミングまでしかないのでしょうか。

いえ、それよりも……

「偽物のユーリさんのことはわかったとして、それでしたら本物のユーリさんはどこにいるのでしょう？」

「偽物って言ってくれるな」

「なら、便宜上、ユーリさんとエレナを合わせて、ユーナさんと呼びましょう」

「……なんか、武道大会でユーラと名乗っていた時を思い出すな。また自分の名前を偽って過ごすのか」

私の言葉に、ユーリさん改めユーナさんがため息をつきました。

その仕草は、まさにユーリさんそのものでした。

「性別を偽らなくていいだけマシではありませんか……というより、光栄ではありませんか。確かにアクリに怯えられるのは死ぬより辛いですが、しかし、エレナはウラノ叔父様とクルト様による共同制作のゴーレムだと伺っています。つまり、クルト様の創造物――いいえ、子供と言っても過言ではありません」

「過言だろ」

「クルト様の子供になれるだなんて、そんなの代われるものなら今すぐ代わりたいですわ！」

「代われるなら代わってやりたいよ……」

そう言って、ユーリさん――もといユーナさんは再び項垂れました。

「リーゼママ、アクリとかわるの？」

「あぁ、私はクルト様の子供にはなりたいですが、アクリのママはやめたくありませんから、代わりませんわ」

そんな私とアクリの会話を聞いて、クルト様が尋ねてきます。

「あの、リーゼさん。ユーリシアさんの居場所についてですが、心当たりはないんですか？」

「心当たりと言われましても……」

転移する時の目標地点は、ユーリさんの雪華の中に残っていた魔力を元にしました。

そういえば、ウラノ叔父様は、雪華の中には二人分の魔力があったと仰っていましたわね？

二人分……一人はエレナ。

でしたらもう一人は？

そう考えていると、乱暴な声が聞こえてきました。

「おい、クル！　朝飯が足りねぇぞ！」

「ああ！　もう少しで考えが纏まりそうでしたのにっ！」

私が振り返って怒鳴りつけた相手は、赤髪の――

「誰ですの？　このいかにも悪人面の殿方は」

「誰だ、このいかにもバカそうな女は」

なんて失礼な。

でも、この人の顔、どこかで見たことがありますわね。

たしか……どこでしたかしら？

私、クルト様以外の男性はすべて芋かタマネギにしか見えませんから、認識するのに苦労します。

最近、お父様である陛下《へいか》のことも品のいいカボチャに見えそうになって、さすがに反省しております。

私が不思議そうにしているのを見て、クルト様が教えてくださいました。

「この人は『炎の竜牙』のリーダーで僕が以前お世話になっていたゴルノヴァさんです。ゴルノヴァさん、この人は、僕が今お世話になっているヴァルハの太守代理のリーゼさんです」

「リーゼ……まさかお前がリーゼロッ――」

「おっと突然腕の制御が――」

ユーナさんの手がまるで投げ道具のように飛んで、ゴルノヴァのみぞおちに入りました。

「ぐはっ、てめぇ、エレナ。なにをしやがる」

ゴルノヴァはそう言って炎の剣を抜きました。

「私はエレナじゃなくて、ユーリシ……いや、今はユーナだ。いいか、余計なことは言うな。何も言うな。喋るな」

「何を言ってやがる。ユーナだぁ？　おい、クル！　また壊れたんじゃないか？」

「あぁ、いえ、記憶を完全に取り戻したらこんなことになって――」

「うるせぇ！　こうなったらぶっ潰してやる」

完全に理性を失っていますわね。

まったく、本能のまま動く人間というのは、どうしてこうも見苦しいのでしょうか。

「アクリが怯えているではありませんか。いい加減になさってください」

アクリが私の足の後ろで隠れています。

「アクリ!?　なんだ、このガキは」

「私とクルト様の愛の結晶です」

「わた……じゃなくて、ユーリシアを含めるのを忘れるな！　三人の間に生まれた子供だろうが」

私とユーナさんのやり取りを見て、混乱したようにゴルノヴァが叫びます。

「あぁ、ちくしょう、意味がわからねぇ。なんで三人の間に子供が生まれるんだ!? てか、そのガキの年齢からして、お前らが母親って無理があるだろ！」

嘆《なげ》かわしいです、彼と会話しようとした私が愚《おろ》かでした。

猿の言語を把握するための語学教師を呼ばないといけないようですわね。

「ユーナさん、やっておしまいなさい」

私がそう言うと、ユーナさんもやる気満々で拳《こぶし》を握りました。

ユーナさんの体は、普通の人間のものではなくクルト様とウラノ叔父様が作ったゴーレムです。

素手でも、鈍器で殴る以上の威力は出るでしょう。

「リーゼさん、けしかけないでください！ ゴルノヴァさんもユーナさんも落ち着いてください。話し合いましょう」

「そうですわね。クルト様の仰る通り、ユーナさん、話し合う前提としてまずはその方を叩きのめしてください」

「そうだな。拳で語り合って、叩きのめしてから話し合うとするか」

「ふざけるなっ！」

ゴルノヴァが叫んだ、その時です。

「兄さん、どうしたのっ!? って、えっ!? リーゼ様っ!? それにアクリちゃんまで」

入ってきたのは、族長の息子のゴランドスでした。かろうじて顔を覚えています。

……あぁ、彼はゴルノヴァの弟でしたわね。

そういえば、クルト様に会えた喜びのあまりこの場所がどこか確認していませんでしたが、彼がここにいるということは、剣聖の里の中ということでしょうか。

「ゴランドス、手を貸せ！　こいつらをぶっ殺す！」

頭に血が上ったゴルノヴァがそんなことを言いました。

それにしても、この男、私を王女と知っていながら、殺害予告とは。

王族に対する殺害予告は、国家反逆罪の中でも特に重罪で、死罪は確定ですのに。

すると、ゴランドスが肩を震わせ始めました。

「兄さん……僕はいつか、昔の尊敬していた頃の兄さんに戻ってくれると思っていた。でも、これ以上は――ううん、これまでも全部間違えている」

ゴランドスの言葉で、彼がゴルノヴァに協力していたことはわかりましたが……族長の一族であるならば、里のことより家族の情を優先にすることは許されません。

まぁ、私は王族であっても王位継承権は第五位ですから、遠慮なくクルト様への愛情を優先いたしますが。

「兄さん、僕と勝負だ！」

ゴランドスはそう言って、置いてあった訓練用の木刀をゴルノヴァに投げました。

「兄が弟に勝てるわけないだろうが！　身の程をわからせてやる」

ゴルノヴァはそう言って木刀を受け、決闘を受けます。

「では、クルト様。ここはゴランドス様にお任せして、私たちは里に参りましょうか。ところで出口はどこですか？」

「リーゼさん、さすがにほったらかしにはできませんよ」

「いや、いいんじゃないか？　なんか面倒になってきたし」

ゴルノヴァとゴランドスが暑苦しい戦いを始めようとしている中、私はアクリを抱いて、クルト様とユーナさんと一緒に外に出ました。

途中、ゴランドスの部下らしき人が止めようとしてきましたが、全員ユーナさんに一撃で倒されていきます。

「あの、ユーナさん、やりすぎでは？」

クルト様が心配して尋ねました。

確かに、何人か骨折しているのではないでしょうか？

クルト様の薬を飲めば一瞬で治るとはいえ、痛みでのたうち回る彼らが少し憐《あわ》れに思えてきます。

「いいんだよ、クルト。こいつら全員鍛えてるみたいだからな。手加減したら私が逆にやられてしまう」

ユーナさんはそうおっしゃいますけど、たぶんアクリになつかれていない八つ当たりですわね。

階段を上がって地上に出ると、星空が見えました。

現在は夜でしたのね。てっきり昼だと思っていましたが、時間がずれているのでしょうか？

ここは剣聖の里のはずれ、どうやら地下の倉庫にいたようです。

そこから広場に向かって歩いていくと、夜警中の副将軍のジェネリク様に会いました。

「おぉ、クルト、無事だったのか……って、リーゼ様っ!?　いつ戻られたのですか？」

「先ほどです。ちょうどいいですから、集会場まで案内と護衛をお願いします」

「かしこまりました。ところで、そこのキュートな女性は？」

ジェネリク様はそう言って、ユーナさんに色目を使いました。

当然ながら、中身がユーリさんだということには気付いていないようです。

「彼女はユーナさんです。詳しいことはあとで説明しますから、黙って案内してください」

「はい、仰せのままに」

ジェネリク様は案内しながら、既に私たちが向こうの世界に旅立ってから二週間以上経っていたことと、私が送った愛の手紙が無事に届いていたことを教えてくれました。

そして――

「なんと、ゴランドスがクルト様を誘拐……しかもそれを命じたのが、ゴルノヴァだったとは……なんと愚かな」

集会所にいたルゴル様は、クルト様が無事だったことに大層喜んでいました。

しかし、何があったのかクルト様が説明すると、クルト様の行方不明の原因が自分の二人の息子にあることを知って、嘆《なげ》き悲しんでいました。

「あの、ルゴルさん、気にしないでください。ゴルノヴァさんには以前大変お世話になっていましたし、それにゴランドスさんも僕にとても親切に接してくださいましたから。大したことじゃないんです」

クルト様がすかさずフォローを入れます。

さすがクルト様です。あのような輩《やから》にも、こんなに気遣いできるとは。

「それで、ルゴル様。魔神王の軍勢はどうなっておりますの？」

二週間以上経っているとなれば、魔神王の軍勢も目と鼻の先まで迫っている頃合いでしょう。

「それでしたら――」

ルゴル様は机の上にある地図を見ました。

地図の上には黒い駒と白い駒、そして青い駒があります。

白い駒は、主に剣聖の里の場所に置かれているから、私たちの軍勢でしょう。

そして、その北にある黒い駒が魔神王の軍勢ですわね。

かなり近くまで敵に攻め込まれていますが、迎え撃つのに最適と思われる谷にまでは来ていないようです。

「この魔神王の軍勢の近くにある白い駒はどなたですか？」

「こちらはミミコ様とその配下の者たちです。敵の半数はスケルトンやゾンビなどの不死生物《アンデッド》で、死霊使い《ネクロマンサー》を仕留めれば敵の数を大幅に減らせると仰っていました」

「ミミコさんですか……確かに彼女ならば」

ミミコさんは宮廷魔術師で魔術のプロですが、元は超一流の暗殺者です。

彼女が鍛えたファントムの実力を見ても、その実力がわかります。

「あら、クルト、帰ったのね」

老帝ヒルデガルドがそう言って会議室に現れました。

「あ、ヒルデガルドちゃん。ごめん、心配かけて」

「別に心配していないわ。クルトなら無事だってわかってたから」

ヒルデガルドはそう言ってふっと微笑みました。

ぐっ、大人の余裕というやつですか。

見た目は子供なのに、千二百歳を超えているだけあってさすがですわね。本当はクルト様がいなくなって一番心配していたのは彼女でしょうに。

クルト様はヒルデガルドに、何があったのかを具体的に語りました。

二度目であっても、己の息子の愚行を聞いているルゴル様はかなり辛そうです。

子供が悪さをするのを聞くのは、親は辛いですわよね。

「アクリ、私たちが困るような悪さをしてはいけませんよ」

「はい、リーゼママ」

アクリは元気に返事をしました。

本当に偉い娘ですわ。この子のためでしたら、魔神王であろうと倒せそうです。

「ところで、ヒルデガルド。ラプセラドの防備は大丈夫ですの？　ラプセラドが落とされれば、西側と北側、双方から魔神王の軍勢に攻め込まれることになりそうですが」

魔神王の軍勢の本体はこの剣聖の里を目指しているようですが、しかしラプセラドにも敵軍が迫っているようです。

「大丈夫よ。あそこはソルフレアに任せているから。彼女はあの町が私の生まれ故郷であることも、父の墓があることも知っているから張り切っているわ」

「張り切っているのですか……」

あの言葉数の少ない無表情の魔族が張り切っている姿は、あまり想像できませんわね。

しかし当然ですが、ヒルデガルドの御父上は既に亡くなっているのですわね。

そういえば、ヒルデガルドの御父上はラプラドという町を拠点にしていると仰っていましたが、きっと千二百年前のラプラドが、現在のラプセラドなのでしょう。

そう納得していると、ヒルデガルドがユーナさんに目を向けました。

「それで、これはなに？　クルトの新しい女？」

「ああ、私は千二百年前に作られたゴーレムで、中身はユーリシアだよ。といっても正確にはユー

「……複製品……千二百年前のゴーレム……相変わらず凄い話ね」

リシアの複製品らしいがな」

先ほどまで達観した様子を見せていたヒルデガルドも、これにはさすがに呆れたようでした。

千二百年生きていても、ハスト村の超常現象には対応できませんのよね。

いえ、むしろ千二百年も生きてきたことで生まれた固定観念があるからこその驚きでしょうか？

でも、ヒルデガルドはわかっていませんわね。

私とクルト様――千二百年以上も生まれた時間の違うこの二人が出会えたこと、それこそが最大の奇跡であり、それ以上の奇跡はございませんのに。

と、そこで剣聖の里の若者が部屋に入ってきました。

「ルゴル様、気球部隊より報告です」

キキューってなんですの？

私が首を捻っていると、その部下は妙な魔道具を持ってきました。

何か筒のようなものと、箱のようなものです。

ルゴル様はその筒のうち、一つを口に当ててました。

「報告を頼む」

ルゴル様がそう言うと――

『敵陣営からスケルトン、ゾンビなど低級の不死生物《アンデッド》の姿が消えました。作戦はうまくいったようです』

突然、箱の中から中年男性の声が聞こえてきました。箱の中には人が入るようなスペースはありません。

なるほど、わかりました。

クルト様が以前、町を作った時に遠くに声を届ける魔道具を作りましたが、それですわね？　たぶん、双方向に会話ができるようになっているのでしょう。

この程度では驚いたりしません。

「おぉ、それはいい報告だ」

『ですがワイバーンゾンビは依然健在のようです』

ワイバーンゾンビ……そんなものが敵の中にいるのですか。

ワイバーンは本物のドラゴンには劣りますが、それでも討伐難易度Aの強敵です。それがゾンビとなると、術者の命令には絶対に従い、痛めつけても逃げ出さないという厄介な敵です。

死をも恐れぬ強敵と言ったところでしょうか？

言い得て妙なですが、それを言ったら、ゾンビに対して健在という言葉も不適当ですわね。健康なゾンビなど、私は見たことがありませんもの。

『それと、敵陣営より脱出しているミミコ様とユーリシア様の姿を目撃いたしました』

「ユーリシアさんがっ⁉」

「私がっ⁉」

クルト様とユーナさんが声を上げました。

『その声はクルト様⁉　ご無事だったのですね』

「いいから報告を続けろ」

『はい。ユーリシア様は敵の魔物を引き付けていましたが、振り切って無事にファントム部隊と合流致しました。これから気球で迎えに行き、本部に送り届けます』

「わかった。また何かあればすぐに報告するように」

『はっ、かしこまりました』

通信が切れました。

とにかく、ユーリさんが無事だとわかったのは僥倖《ぎょうこう》ですわね。

「敵陣から急いで戻ってくるとしても、到着するのは明日以降になるでしょうか？」

「いえ、ユーリシア殿たちなら、おそらく今日中にでも戻って来られると思いますよ」

ルゴル様が妙なことを口走りました。

「……え？」

今日中にこの距離を？

まさか、転移石でも設置しているのでしょうか？

それから数時間経って、ルゴル様が、ユーリさんとミミコさんが帰還したというので会議室の外に出てみたのですが……その姿はどこにも見当たりません。

「ルゴル様、二人はどこにいらっしゃるのですか？」

「上ですよ、リーゼロッテ殿」

上？

見上げてみても、輝く星々と月があるだけで……

「なんですかっ⁉　あれはっ⁉」

さっきは見落としていましたが、そこには黒い球が浮かんでいました。

「あれは気球っていうクルトが作った空飛ぶ魔道具よ。普通にしていたら目立つから、黒く塗ってるの。今のところ夜にしか運用できないけどね」

ヒルデガルドが自慢げに言いました。

別にあなたが作ったわけではないでしょう――と思いましたが、好きな人が作った物を褒められたら嬉しくなるという気持ちはわかるので、そこに対して否定はいたしません。

「げっ、本当に私が乗ってる……」

気球の下につるされた籠の中から手を振るユーリさんを見て、ユーナさんが渋い顔をしました。ゴーレムになっても表情豊かな方ですわね。

幕間話　ゴルノヴァとゴランドス

なんでこの俺様――ゴルノヴァ様の攻撃が当たらない。

弟相手だから、木刀での勝負を受けたが、攻撃はすべて紙一重で躱される。

炎の剣だったら炎の余波でダメージを与えられるが、当然ながら木刀にはそんな力はない。

村を出る時は一分以内には倒せていたゴランドス相手に、俺様は五分以上も木刀を振り続けた。

「……兄さん、弱くなったね」

突然のゴランドスの一言に、俺の怒りは頂点に達する。

咄嗟《とっさ》に木刀を投げ捨てて腰にある炎の剣を抜こうとし――その手をゴランドスの突きで打ち抜かれた。

「ぐっ」

「兄さんが弱くなった原因はその剣だと思う。クルト様が調整している炎の剣は確かに凄いよ。でも、兄さんはその剣に頼り過ぎたせいで、本来の実力を全く出せなくなったんだ」

……心当たりはあった。

クルをパーティから追放し、炎の剣から出る炎の勢いが弱くなった。

途端に、俺たちのパーティは、普段なら楽勝で倒せていた敵すら倒せなくなったのだ。

俺様はその原因を、新しくパーティに加わった、名前も忘れた魔術師が役立たずだったから、バンダナの機転が利かなくなったから、マーレフィスが回復以外能無しだから、そして剣の威力が落ちたからだと思っていた。

しかし、剣の切れ味は以前と変わらない。ただ、炎の威力が下がっただけだ。

本来の俺様の実力なら、炎の威力が下がるどころか炎が全く出なくなっても、斬《き》り伏《ふ》せるくらいできたはずなのに。

「てめぇになにがわかりやがる！」

「わかるよ。僕はずっと兄さんのことを見てきたんだから。兄さんの背中を追いかけてきたんだから」

まるでクルみたいなことを言いやがる。

あぁ……そうだったな。

クルと初めて出会った時、こいつの目に似ていると思ったんだ。

だから、俺様はクルを仲間にすることにした。

だが、炎の剣に頼り切り、自分の剣の腕が鈍っていることに気付いた。それでも、俺様は炎の剣に頼り、剣の腕を磨くのを疎《おろそ》かにしていた。

そして、いつしか、クルの視線が怖くなった。

こんな体たらくになった俺様の姿を弟に見られている——そんな風に思って。

だから、俺様はクルに対して高圧的に振る舞うようになった。

俺様はクルより上の存在だ、弟よりも上にいる。

そう思おうとして。

クルには悪いことをしたな。

今なら、クルに素直に謝れ——

「——るわけねぇだろっ！　つまり俺様がここまで弱くなったのは、あいつが剣を調整していたからだってことだよな」

俺様は炎の剣を抜いて言った。

「あぁ、確かに認めるさ。俺様はクルに対して八つ当たりをした。俺様は悪いことをした。それがどうした？　俺様が弱くなった原因がクルにもあることは変わりねぇ。俺様の行いで俺様が弱くなるのは勝手だから俺様は無罪だとして、クルのせいで俺様が弱くなるのは許せるわけがねぇ」

「ちょっと、兄さん、何を言ってるんだ!?」

「悪いな、ゴランドス。目が覚めたぜ。何が決闘だ。何が正々堂々だ。もう俺様は後には引き返せねぇんだ。親父に決闘を申し込んだあの日——いや、次期族長にお前が選ばれたあの瞬間からな！」

そうだ、あの瞬間、俺様はすべてを失った。

これまで積み上げてきたことのすべてを。

許せるわけがねぇ。

俺を見捨てた親父も、俺から奪った弟も、変な慣習にこだわる里の奴らも、その原因となった塔の賢者も、すべてだ！

「選んでないよ」

しかしゴランドスは、そんな思いがけない一言を告げてきた。

「父さんは僕を次期族長に選んでいない」

「あん？　ふざけるな、お前は族長補佐、つまり次期族長だろうが」

「兄さんは勘違いしている。父さんは僕を呼んで族長補佐になるように命じた。でも、同時にこう言ったんだ。僕が族長補佐でいるのは、兄さんが自分の役目を終えて里に戻ってくるまでの間だと」

族長補佐なのに次期族長にならない？

俺様が役目を果たして村に戻ってくるまでだと？

「塔の賢者様は父さんに言ったらしいんだ。兄さんはいずれ自分の意思で里を出る。それは運命であり、そして役目を果たす旅。その役目を果たすまでは族長にしてはいけないと。きっと、兄さんの役目は、クルト様と出会い、そして守ることだったんだと思う」

「親父が俺様のことを――次期族長に」

知らなかった。

まさか、そんなことを考えていただなんて。

「ていうか、なんでお前はそのことを黙っていたんだ」

里を出る前は親父に止められて話せなかったかもしれないが、しかし今、こうして話しているみたいに、俺が里に帰ってきてからなら話す時間は十分あった。

「だって、話そうとしたら、兄さんと一緒にいたゴーレムが『ゴルノヴァはクルトと結婚するためにここに来たのです。私の調査によるとクルトは今の仕事を大変気に入っていて、この里で暮らすつもりはないようですから、ゴルノヴァもすぐに里を出ることになるでしょう』だなんて言うもんだから、族長の座には未練がないものとばかり……兄さんを混乱させたくなかったから」

「お前、クルは男で俺様も男だぞ！　そんなわけないだろ！」

「てっきり、兄さんも都会の色に染まったのかと」

ちっ、エレナの奴、余計な事をしやがって。

それにしても、不思議な気持ちだ。

これまでのイライラが嘘のように消えていく。

思えば、この里で族長になるためにひたすら修練を積んでいた時は、こんな気持ちだった。

俺は炎の剣を鞘に納め、手を差し出す。

「悪かったな、ゴランドス。親父に会ってみようと思う。そして、次期族長として俺はこの里を率いていくつもりだ」

「兄さん……わかってくれたんだ」

ゴランドスはズボンで手の汗をぬぐい、俺様の手を握った。

そして――

「クルト様を攫っておいて、簡単に許されるわけがないだろう、バカ息子が。それにゴルノヴァはホムーロス王国で指名手配されていると聞いた。そんな男が族長になれると本気で思っておったのか？」

――親父たちの前に顔を見せるなり、糞親父はそんなことを言ってきやがった。

「ゴランドス、貴様は族長補佐の任を解く。二人とも本来なら村から追放したいところだが、反省もしているようだし、このような状況だ。二人とも、魔神王の軍勢相手に戦果を見せれば、里にいることを許してやるうえに、ゴルノヴァに関してはホムーロス王国における指名手配も解除してくれるとミミコ様が仰っている」

くそっ、俺様に戦争の矢面に立てっていうのか？

ふざけやがって、それもこれも全部クルのせいだ。

今はホムーロス王国の指名手配を解除するために力を貸してやるが、いつか絶対にぶっ殺して……いや、あいつの飯が食えなくなるのは困るから、奴隷《どれい》のようにこき使ってやる！

第4話　決戦

「エレナの中に私がいるなんて……なんでこんなことになったんだ」

私――ユーリシアは目の前にいるエレナの現状を聞いてその場に頽《くずお》れた。

「それは私《あんた》が迂闊に髪の毛を二本も抜くからだろ」

エレナが文句を言う。その通りなんだが、こんなことになるなんて思ってもいなかった。

魔神王の軍勢に追われながら、無事に剣聖の里に帰ってきて、クルトとアクリに再会できた。ついでに離れ離れになったリーゼが無事だったとわかったのはいいが……エレナの中に私の魂があって、今はユーナと名乗っていると聞いて、どっと疲れが押し寄せた。

「ユーリシアちゃん、むしろグッジョブじゃない。エレナの実力は聞いたところによると凄いんでしょ？　味方はひとりでも多い方がいいじゃない」

「他人事《ひとごと》のように言うな」

私とユーナが声を揃えて、適当なことを言うミミコに文句を言った。

くそっ、やりにくい。

同じようなことはさっきリーゼにも言われたんだが、その時、それを聞いたクルトが……

『でも、エレナはゴブリンにも勝てないくらい弱いゴーレムですよ？　あ、でも中がユーリシアさんだったら強いのかな』

なんて勘違い発言をしていた。

クルトは相変わらずエレナは弱いと思っているようだ。

ただ、クルトの感覚がおかしいわけではない。

ゴーレムに対して圧倒的な力を持つ彼にとって、実力の図式は、

【ゴブリン≫クルト≫ゴーレム】

となっているからだろう。

実際は、主人がハスト村の人間でなければ、彼らの作るゴーレムは強力だ。

ゴルノヴァに使われていた時のエレナの実力は、私が武道大会において、この身をもって知っているし。

「はぁ……まぁ、確かにこの体じゃちょっとやそっとじゃ死なないだろうな」

ユーナがそう言ってその場で屈伸運動をした。

メイド服を着ているので、スカートの部分がめくれてパンツが見えそうになった。

「おい、その格好でそんな動きをするな！」

「なんだよ、急に。いつもしてるだろ？」

「いいからするな」

人の振り見て我が振り直せとは言うけれど、その『人』が自分自身だったら余計に我が振りを直してしまう。私って、普段からこんな風にがさつな行動をしていたのか。

反省しないといけないいな。

「……ていうか、なんでメイド服を着たままなんだ？　着替えろよ」

「そうしたいんだけど、ゴーレムとしての機能の一部が、この服についている魔法晶石の影響を受けているらしくて簡単に脱げないんだ。あ、これはエレナとしての知識な。安心しろって。この戦いが終わったら、ユーリシアとしての記憶はクルトに頼んで再封印してもらうつもりだ。私だってこの状況がよくないのはわかってるし……」

とユーナは、少し寂しそうな表情で、リーゼに抱かれているアクリを見た。

「……アクリだってユーリママが二人いたら混乱するだろ」

そう言うユーナの表情は心なし寂しそうだった。

「………………あぅ」

アクリは何か言いたそうに声を出したが、うまく言葉がまとまらないのか俯いてしまう。

リーゼから話を聞いたが、アクリはユーナにかなり怯えた態度をとっていたらしい。私の気配はするのに、姿も声も異なるからだ。

まるで小さな子供が、お母さんだと思ってついていったら、知らない女性を追いかけていたことに気付いたような……そんな表情をしていたそうだ。

懐かしそうにリーゼが言うので、さすがに王女である彼女にはそんな経験はないだろうと突っ込んでしまった。しかしどうやらリーゼの奴、フランソワーズ王妃が存命だった頃は、よく二人で城を抜け出して城下町に遊びに行っており、迷子になったことが何度もあるらしい。

特にフランソワーズ様は行動が活発で、普通の子供なら自力でついていくのが困難なほどだったそうだ。

リーゼは何度も迷子になるうちに、自力で母親を見つけられるようになったそうだが、その経験がクルトを探し出す能力に活かされているのだろうな。

ちなみに、フランソワーズ様とリーゼが城を抜け出した時、ファントム部隊が隠れて護衛をしていたので、誘拐されたりするようなことはなかったそうだ。

ともかく、アクリに嫌われたことがショックだというユーナの気持ちはわかるが、記憶を封印し直すのはどうかと思う。

自分と同じ記憶を持ち、同じ考えの人間――いや、ゴーレムがいるというのは気持ち悪いが、しかし彼女は私なのだから、封印されるというのもちょっと複雑だ。

「もう話は終わったかしら?」

ヒルデガルドがそう言って、冷たい眼差しを向けてきた。

彼女には私とユーナが一人漫才をしているようにしか見えないのだろうか?

「本当は過去で得られた情報について詳しく聞きたいんだけど……それよりも、今は敵軍への備えが必要よ。敵軍は現在、ラプセラドとここ剣聖の里に、同時に向かってきている。ラプセラド方面の部隊は五万。こちらはざっと十五万といったところかしら？　予想より敵の数が増えたけれど、最初の三十万と比べればだいぶ数が減ったわ……不死生物《アンデッド》が消えたのは幸いね。もっとも、敵にはまだワイバーンゾンビが何体か残っているようだけど」

「谷の方はどうなってる？」

私が聞くと、ヒルデガルドはすぐに答える。

「アルレイドと配下の騎士、里の住民が待ち構えているわ。ただあくまでも、谷にいる兵の狙いは敵の先鋒《せんぽう》の出鼻をくじくこと。あそこの谷は狭いから、ある程度敵を倒せば逃げる時間も稼げる」

「将軍自ら……」

「いざとなったら、残りの指揮は副将軍のジェネリクに任せるそうよ。クルトにもさっき向かってもらったわ」

「「なんだってっ⁉」」

「なんですってっ⁉」

私とユーナが声を揃えて、さらに同時にリーゼが声を上げた。

そういえば、クルトの姿がさっきから見えないと思っていたが。

「ちなみに、ゴルノヴァとゴランドス、あとマーレフィスも一緒に向かってもらっている」

それは余計に危ない気がする。

ゴルノヴァなんて、特にクルトを逆恨みしていそうだ。

今のところ、リーゼとあいつの間で、司法取引が成立しているらしく、裏切る可能性は低いだろうが……

「仕方ないでしょ。魔法銃のチャージができるのはクルトだけなんだから。危険な前線には出さないようにしているから大丈夫よ。これはミミコも了承している。ゴルノヴァも、いざとなったら命がけでクルトを守ってくれるわ」

ヒルデガルドの隣にいるミミコが頷いた。

確かに、魔法銃の魔力を溜めるには、クルトの手助けが必要だ。

しかし――

「アルレイドにも、第一の目標は安全にクルトをこの里まで届けることだって説明してあるから」

ヒルデガルドはそう言った。

「……」

「ユーナ、お前の足なら」

「ああ、追いついてみせ――」

「ダメよ。ユーリシアちゃん、ユーナちゃん」

私は無言でクルトを追いかけようとしたリーゼの首根っこを掴み、ユーナにクルトを追いかけるように命じようとする。

しかしすぐにミミコに止められてしまった。

「騎士と里の住民、あとファントムも半数以上が谷に向かっている。この防備が手薄な状態では、ユーリシアちゃんと、特にユーナちゃんの戦力は必要になるの。ここにいてもらうわ」

「だけど――」

「今回の狙いはあくまでも敵の出鼻を挫《くじ》くだけ。危険は少ないわ」

そうは言っても、クルトだからな。

余計な問題に巻き込まれていないといいんだが。

◇◆◇◆◇

物資を運ぶ馬車の中で、僕――クルトは少し興奮していた。

だって、同じ荷車の中に、ゴルノヴァさんとマーレフィスさんが一緒にいるんだから。

「しかし、マーレフィスも里にいるとは思わなかった。お前、俺様がいない間、いったいどこでなにをしてやがったんだ？」

「いろいろありましたのよ。リーダーこそ、苦労なさったのではありませんか？　ミミコ様の話では、指名手配されたり、犯罪組織をまとめ上げたり、ずいぶんとブラックな環境にいたそうではありませんか」

「はん、俺様にかかればあの程度苦労でもなんでもないよ。それよりなんだ？　ミミコ様だ？　いつの間にお前は王家の犬になったんだよ」

「別に犬ではありませんわよ。私の力がどうしても必要だと仰るので、こうして協力して差し上げているだけですわ」

なんかギスギスしているけれど。

「クル、お茶を淹れろ」

「クル、お茶を淹れてくださる？」

「兄さん、マーレフィスさん。二人はクルト様の護衛なんですから、クルト様をこき使うのはやめてください。そもそも、護衛は本来馬車の外にいるものなんだから、二人は歩いてくださいよ」

御者席《ぎょしゃせき》でゴランドスさんが文句を言う。

「いいんです、ゴランドスさん。慣れていますし、この方が僕も落ち着くので」

二人に歩かせて僕だけ馬車の中にいるなんてありえないもんね。

僕がこうして仕事を与えられているのは、あくまでリクト様の代理としてだから、僕が偉くなったわけじゃない。

差し出されたカップの中にお茶を注ぐ。

「あ、クル。うちも頼むわ」

「はい、わかりました」

三つ目のカップに紅茶を注ぎ――僕は気付いた。

そこに最初はいなかったはずの乗客がもう一人いることに。

「バンダナさんっ⁉」

「バンダナっ⁉」

「バンダナ、てめぇ、なんでここにいやがるっ！」

僕とマーレフィスさんが驚きの声を上げ、ゴルノヴァさんが怒ってバンダナさんの胸倉をつかんだ。

それでも全く動じず、バンダナさんは笑って言う。

「ほらほら、落ち着いてリーダー。せっかく『炎の竜牙』のメンバーが勢揃いしたんやから。笑って笑って」

「てめぇ、ふざけるなっ！　お前のせいで俺様がどれだけ――」

「エレナに出おうたお陰で、ここまで旅してこられたんとちゃうの？」

「そんなのは関係ねぇ。お前が俺様を騙したのが許せねぇんだ」

「まぁまぁ、皆さん。お茶を飲んでください」

リラックスできるお茶にしたためか、三人がお茶を飲むと、一触即発の雰囲気はいくらか緩和された気がした。

「それで、バンダナさんはどうしてここにいるんですか？」

「ほら、うちって大賢者様の弟子として、ハスト村の住民であるクルがリーダーと会うまでは陰から見守り、リーダーと会ってからは同じパーティに入ってサポートして、しかるべき時にパーティから追放させてユーリシアの嬢ちゃんに引き合わせるのが仕事やったわけやん？」

「そうだったのかっ⁉」

「そうだったんですのっ⁉」

「そうだったんですかっ⁉」

なんか、さらりととんでもないことを言われた気がする。

それにしても、ルゴルさんにしても大賢者様にしても、なんでハスト村のことをそこまで気にしているんだろ？

どこにでもある普通の田舎の村なのに。

「(バンダナ、本当はクルの実力を私たちに知られないようにする仕事もあったのですわよね？)」

「(マーレフィス、それは言わぬが花ってやつや。あ、秘すれば花のほうがいいかな？)」

「(どちらでも構いませんわ……まったくあなたは)」

なんかマーレフィスさんとバンダナさんがこそこそと話をしている。

不思議に思っていると、バンダナさんがこちらに笑みを向けた。

「ともかく、今のうちは仕事がないわけで、暇で暇でしゃーないねん。そんな時に『炎の竜牙』再結成っ！　なんて言われたら、うちも黙っていられへんなぁって思って」

「わかります！　『炎の竜牙』が再結成されるって思ったら、興奮します！　あ、でも僕、工房主《アトリエマイスター》代理としての雑用係もあるので、パーティに戻れないんですけど……」

「なら、一日限りの復活劇っていうのはどないや？」

バンダナさんが素敵な提案をする。

一日限りの復活。

なんか凄く嬉しい。

「おい、勝手に決めるな！　それはリーダーである俺様が決めることだ！」

ゴルノヴァさんがそう言って、馬車の揺れに抗いながら立ち上がった。

「リーダーって自分で言ってるやん。それってもう再結成したのと同じこととちゃうん？」

バンダナさんもナイフを持って立ち上がった。

「仕方ありませんわね。どのみち、ここでしっかり活躍しておかないと、私とゴルノヴァはいろいろと面倒なことになるわけですし」

マーレフィスさんがユニコーンの角杖《かくじょう》をついて、最後に立ち上がる。

すごい、みんな気合十分だ！

そう思っていたら――

「おい、馬車を止めろ」

「そうや、馬車を止めて」

「えっ⁉　何を言って、兄さんっ⁉　え、その女性は誰っ⁉」

ゴルノヴァさんとバンダナさんがゴランドスさんに声をかけて、同時に馬車を飛び出した。

「これは戦争だからな。そりゃ脇道から補給部隊を狙ってくる卑怯《ひきょう》な奴もいるだろ。ていうか、バンダナ。お前がつけられたんじゃないだろうな？」

「うちがそんなミス犯すわけないやん。あれはずっとここで待ち構えてたんやと思うよ」

二人の会話がどういう意味かわからずにいると、脇の森の中からリザードマンの群れが現れた。

「そんなっ⁉　一体どこからっ⁉」

ゴランドスさんが声を上げた。

こんなところに敵軍がいるとは思わなかったのだろう。

当然だ、ここは谷よりも里に近い。

「この森を抜けたところに沼があるんやけど、そこは元々リザードマンの縄張りやねん。そんでもって、それを知って、あそこにいるひときわ大きいリザードマン、魔神王の配下の魔物がそこのリザードマンをシメて、群れを乗っ取ったって感じやな。単身で水辺を移動されたから、簡単には見つからんかったんやろ。まぁ、連絡がうまいこと取り合えていないようやから、挟撃みたいな戦術には使われへんみたいやけど」

「バンダナ。お前、なんでそこまで詳しく知ってるんだ？」

「たまたまやって」

ゴルノヴァさんの視線を受けて、アハハとバンダナさんはあっけらかんとした口調で笑う。

僕たちのためにいろいろと調べてくれていたんだろうということは、なんとなくわかった。

パーティにいた頃から、こんな風に縁《えん》の下で僕たちのことを支えてくれていたから。

「ちっ、信用ならねぇ。お前、逃げるんじゃないぞ。戦いが終わったら塔の賢者のことを含めて全部教えてもらうからな。クル、てめぇは足手まといだ！　馬車の中で丸くなって震えてやがれ！」

「は、はい」

マーレフィスさんに続いて馬車を降りようとした僕に、ゴルノヴァさんから叱責《しっせき》が飛ぶ。

「さて、リザードマン五十体。完全武装のリザードマンの一体の討伐難易度はCだが、ここまで数が多いと討伐難易度Bプラスだな」

「リーダー、ビビっているのですが？」

「バカ言え、マーレフィス。俺たちは討伐難易度Sランクのフェンリルさえ打ち滅ぼしたんだ。俺たちには物足りないくらいさ。ゴランドス、てめぇはクルを連れて谷に向かいやがれ」

「わかった。兄さん、ご武運を」

ゴランドスさんはそう言うと、ゴルノヴァさんとマーレフィスさん、バンダナさんをその場に残し、僕を乗せたまま、馬車を北に向かって走らせた。

僕を乗せた馬車は、そのあと他の魔物に襲われることもなく、北の谷に設営された最前線の陣営に辿り着いた。

「クルト君、待っていたよ。といっても、君の役割は敵の姿が見えてからだ。しばらく馬車の中で休んでいてくれ」

到着するなり、アルレイド様が僕を迎えてくれた。

「それより、南の道でゴルノヴァさんたちがリザードマンに襲われて大変なんです！　すぐに援軍を――」

「アルレイド様、南三キロの地点でリザードマン五十体に襲われましたが、援軍の必要はありません。兄が対処しておりますから。あの程度で援軍を送ったら、逆に兄が怒ります」

焦る僕の横で、ゴランドスさんが淡々と説明した。

そうだった、何とかしないといけないと思ったけれど、あの程度の敵なら、三人が負けることはない。むしろ、足手まといの僕がいない分、楽に戦えることだろう。

「なるほど、情報感謝する。部下にも念のため、挟撃を警戒するように伝えておこう。ゴランドス君、ルゴル殿より通信があり、君には前線部隊に加わってもらうことになっている」

「はい、わかっています。せめてもの罪滅ぼしですから」

ゴランドスさんは頷いて、前線の部隊に向かって歩いていった。

「クルト君、君の役割は魔法銃の魔力の補充だ。騎士隊には魔力を持っている人間が少なくてね。といっても、今は魔力の補充は終わっている。戦いが始まるまでの間は休んでいてくれ」

「いえ、僕も手伝います。何かできることはありませんか？　あ、これ、ミミコさんから預かっていた分の魔法銃です」

僕は魔法銃二丁をアルレイド様に渡しながら尋ねた。

「クルト君に手伝えることか……」

「それではクルト様。皆の戦意高揚のために料理を作っていただけませんか？」

そう言ったのは、カカロアさんだった。

どういう経緯かはわからないけれど、以前コスキートですっかり仲良くなった彼女は、ユライルさんと一緒にこうして戦いに参加してくれている。

そにしても、料理か。

確かに、僕の数少ない得意分野のひとつだ。

「炎の竜牙」のみんなと旅をしていた時は、野営中に料理をすることもあったので、こういう場所での料理にも慣れている。

「わかりました！　料理を作らせていただきます！」

僕はそう言って、早速調理場に向かうのだった。

そして、料理を配り終え、全員で食事を終えた二時間後。

最初の戦いが幕を開けた。

◇
◆
◇
◆
◇

「許せない……許せない許せない許せない許せない」

この私、《演出家《ディレクター》》をここまでコケにしてくれたあの女、許せない。

もはや丁寧な口調を取り繕う余裕すら、私にはなくなっていた。

確かに私は、あの女の持つ妙な魔導具によって、上半身を失った。

それでもなお、軍団を率いていられるのは、魔神王に与えられていた魔導具のお陰だ。

その魔道具とは、本来ならこの世から消滅する魂を自動的に移すための体。

この体は以前の私とほぼ同じだが、しかしながら、内包するエネルギーはとてつもなく多いという違いがある。

そして、私は直感していた。

そのエネルギーを生み出しているのは、私の魂であると。

つまりこの器は、私の魂を消費して動き続ける生物なのだ。

おそらく、動くことができるのは三日が限度。

それを過ぎると、私の魂は完全に消滅し、死よりも恐ろしい未来が待っていることだろう。

魔神王はその結末を知っていてなお、私にこの魔道具を渡した。

それは、私は捨て駒に過ぎないということ。

つまりは――

×この戦いは魔神王様に全幅の信頼を置かれた私のための軍物語《いくさ》です。
○この戦いは魔神王に捨て駒とされた私のための軍物語だ。
当然、私の中にあった魔神王に対する忠誠心は脆《もろ》くも崩れ去ったが、しかしながら恨みはない。

こうして、あの女共に復讐する機会を得ることができたのだから。

「全軍、前に進め！　人間どもをぶち殺すのだ！」

これから始まる劇の演出は既に決まっている。

特別な道具や脚本など何の必要もない、ただの殺戮《さつりく》ショーだ。

剣聖の里の北に位置する谷で待ち受けている敵は、剣士がほとんどで、人間の中では一流と呼べる実力を持つようだ。

オーガであっても一対一で戦えば負けるだろうが……しかし、数が違う。

加えて、人間には疲労というものがある。

いかに凄腕の剣士といえど、本気で戦い続ければ息が上がり、集中力が切れ、肩が上がらなくなり、最後には動けなくなるのだ。

恐れるものがあるとすれば、あの女が使っていた妙な魔道具。

あの威力は恐ろしいものだったが、私には既に弱点はわかっていた。

それは、あの魔道具は連続して使うことができないだろうということ。

実際、あの女は二本の魔道具を持っていて、私に向かって一度、逃走中に一度、計二回しか魔道具を使っていないようだった。

一度使えばしばらくの間使えなくなるのか、それとも使い捨ての魔道具なのかはわからない。

だがどちらにせよ、一カ所に固まらず、敵を取り囲むように陣を組み、たとえあの魔道具によって陣を抜かれたとしても怯えずに即座に隊列を組みなおせば問題はないだろう。

おそらく敵の狙いは、私たちの軍の先陣をある程度倒してから、被害の少ないうちに撤退することだと思われるが……そんな隙、与えるつもりはない。

怒濤の勢いで攻めれば、私たちの勝利は確実だ。


「——《演出家》《ディレクター》様、報告でございます」

配下の魔族から、後方に控える私に報告にあがった。

「どうした？　もう敵が全滅したのか？　いささか早かったようだが」

しかし、前線が敵軍と衝突して一時間が経過している。

そろそろ敵にも疲労の色が見え始める頃だと思うが——

「敵軍、一切疲労の色が見られません。それどころか、剣で切り付けてもすぐに傷口がふさがり、兵たちの間で『あれは本当に人間なのか⁉　高位の悪魔が人間に化けているのではないかっ⁉』

と動揺が広がっております。谷で倒された魔物の数は既に五千を超え、このままでは死体で谷が埋まってしまいます」

「なんだとっ⁉」

疲れ知らずで、斬ってもすぐに傷がふさがる剣士たちだとっ⁉

いったい私の演出の外でなにが起こっているというんだっ⁉

◇◆◇◆◇

俺の名前はジェニミ。

アルレイド将軍配下の騎士だ。

伯爵《はくしゃく》家の五男として生まれ、剣術の才を見込まれて騎士となる道を選んだ。家は兄が継《つ》ぐことになるから、五男の俺はどのみち家を出ないといけない。

そんな俺が、平民上がりのアルレイド将軍の下で働くことに対して嫌悪感《けんおかん》を抱かなかったと言えば嘘になるが、しかしながら将軍には何度も危ないところを助けられてきた。

今では尊敬する将軍であり、一生ついていきたいと思っている。

そんな俺だが、この戦いに関していえば乗り気ではない。

確かに、剣聖の里を守ることはホムーロス王国を守ることに繋がるだろう。

それは理解できる。

だが、剣聖の里の住人は、グルマク帝国の初代皇帝の子孫たちだというのだ。

数十年前まで、グルマク帝国とホムーロス王国は敵国同士だった。

俺は直接、グルマク帝国との戦争に従軍したわけではないが、しかし先輩騎士の中には、その戦争で大切な仲間を失った方も多い。

いくら戦争が終わったとはいえ、いくら剣聖の里が現在はグルマク帝国と無関係とはいえ、簡単に割り切れるものではない。

それに、この戦争は老帝ヒルデガルドと、魔神王との戦争でもある。

つまり、俺たちは老帝ヒルデガルドの友軍として参戦している。

……信じられるか？

ヴァルハを守る騎士は、魔族の侵攻を警戒するために見張りをしているというのに、そんな俺たちが魔族と一緒に戦うんだぞ？

まぁ、老帝ヒルデガルドの見た目はほとんど子供だし、なによりクルト士爵の友達だっていうから、自分で思っていたほどの嫌悪感はなかった。

なにしろ、クルト士爵の工房の方たちがいなかったら、俺たちはスケルトンとインプの群れに町を襲われた時、命を失っていたかもしれないのだから。

それでも軍の士気が下がるのは仕方がないことだろう。

仕方がないことだったが――

「んなことはもうどうでもいいっ！　目の前の敵をぶっ殺せぇぇぇぇっ！　一兵たりとも敵を通すんじゃねぇぞっ！」

俺の声に呼応するかのように、戦線を守る部隊から声が上がる。

クルト士爵の料理を食べてから調子がいい。

一時間近く剣を振り続けているが、疲れる気配はまるでなかった。

いや、むしろ剣を振れば振るほど、即座に筋肉が強化されている感じがする。

それから、訓練では何度か使っていたが、実戦で初めて使うこの剣の調子もいい。

部隊の全員が持っているこの剣は、元王家直属の冒険者、ユーリシア女准男爵経由で、クルト士爵からいただいた剣だ。

なんでも、俺でも知っているような伝説の名匠《めいしょう》、武器仙人《ぶきせんにん》――どういうわけか、今はリクルトの町で鍛冶の講師をしているそうだが――により鍛えられた業物《わざもの》である。

当然、目の前に迫ってくるゴブリンライダーが持っているような剣に負けるはずがない。

ははっ、こんな一方的な戦い、誰が予想した？

「おい、油断するなっ！」

仲間の声が聞こえた直後、狼に乗っていたゴブリンライダーが、飛び上がって俺に切りかかってくる。

俺はその剣を左腕につけているバックラーで防いだ――その時だった。

不意に、右腕に痛みを感じた。

目をやれば、そこには狼が噛《か》みついていた。

『グギャギャっ！』

ゴブリンライダーが愉快そうに笑うが、俺は冷静に剣を左手に持ち替え、右腕を振って狼をゴブリンに叩きつけた。

その衝撃で、狼の牙が外れ、ゴブリンとともに吹っ飛んでいく。

すかさず、仲間の一人が駆け寄ってくる。

「おい、大丈夫か？」

「大丈夫だ、痛みは感じたが、苦痛はない」

妙な話だ。

普通、痛みを感じると、それは苦痛となり思考を鈍らせるのに、苦痛もなにもない。

ただ、痛みを感じているという情報だけが頭に入ってきて、思考の邪魔をしないのだ。

おそらく、興奮しているせいで痛みを感じにくいのだろう。

だが、興奮していると同時に冷静な自分も確かにそこにいた。

それに――

「もう傷が塞がった」

あれだけ狼に深く噛まれたんだ。下手したら指が動かなくなってもおかしくない大怪我である。にもかかわらず、その傷口はすっかり塞がっていた。

「凄い……こりゃ負ける気がしねぇ」

「当然だ。こんな有利な状態で負けたら、陣地で留守番しているジェネリク副将軍に笑われるぞ」

「そりゃ嫌だ。あの人に笑われるくらいなら、ここで敵軍を全部やっつけてやろうって気になるな」

俺はそう言って笑った。

敵はあと何万いるかわからないが、あと二十四時間は余裕で戦える。

そう思ったら、突然、魔物の群れの背後から飛び上がる巨大な影が見えた。

――現れやがった、ワイバーンゾンビだ。

俺が確認すると同時に、通信機を使った伝令係が連絡したのだろう、後方で気球が浮かび上がり、ワイバーンゾンビに向かって飛んでいく。

ワイバーンゾンビは気球を敵とみなし、その鋭い牙で気球を掴みにかかった。

その仕組みからすると、万が一穴が開いたらそこから空気が漏れて墜落《ついらく》するのだが……そこはクルト士爵が作った気球、ワイバーンゾンビの腐った爪《つめ》程度では傷一つつかない。

それにしても、気球に乗ってる奴ら、いくら気球が丈夫だからって、接近しすぎだろう。

遠くから魔法銃を撃つだけのはずなのに……って、そういうことか。

気球の奴らはわざとワイバーンゾンビに接近したんだ。

そして、その目的は――

気球から魔法銃の光線が放たれ、接近していたワイバーンゾンビのどてっぱらに巨大な穴をあけ、さらにはその奥にいるワイバーンゾンビをも撃ち落とした。

そう、気球に乗ってる奴らは、一撃で一頭のワイバーンゾンビを倒すのではなく、一撃で二頭以上のワイバーンゾンビを殺すためにあんな無茶な操縦をしていやがったのだ。

俺も肝が据わった戦いをしていると思うが、上空で戦ってる奴らも無茶しやがる。

「おい、デカブツが一頭落ちてきたぞ！」

地面に落ちたワイバーンゾンビは腐臭をまき散らしながら、俺たちのところへ這《は》って近付いてくる。

空を飛んでいなくても、厄介な魔物であることには変わりない。

だが、俺たちもちょうど手ごたえのある敵と戦いたかったところだ。

「第一部隊突撃！　魔物の死体でこの谷に堰《せき》を作ってやるぞ！」

アルレイド将軍の号令と同時か、あるいはそれよりも先に、俺たちは地上に落ちたワイバーンゾンビに向かって突撃を開始した。

◇
◆
◇
◆
◇

戦いが始まって一時間が経過した。

僕――クルトは遠目に、皆の奮闘を見ていた。

谷の狭い場所で、アルレイド様たちの部隊が奮戦している。

ここからだとよく見えないけれど、どうやら全員無事のようだ。

すると、後ろから声をかけられた。

「おい、クル。何が起こってるんだっ⁉　計画と全然違うじゃないか」

あ、ゴルノヴァさん。やっぱり無事だったんだ。

バンダナさんもマーレフィスさんも一緒だ。

「そうやで、クル。今回の戦いはあくまで相手の出鼻を挫くこと。本軍から離れて突撃してくるはずのゴブリンライダーたちをケチョンケチョンにいてもうて、そのあと魔法銃で敵軍にダメージを与える――あわよくば、やっかいなワイバーンゾンビあたりを魔法銃で倒せたらいいなっちゅう話やったやろ」

「なんで作戦について聞いていていないはずのバンダナがそこまで知っているのですか？」

バンダナさんの言葉に、マーレフィスさんが尋ねた。

本当に、どうやって知ったんだろう？　……まあいっか、とりあえず戦況を伝えなきゃ。

「それが皆さん、なぜか、とてもやる気になってしまって。今の自分たちなら敵軍の殲滅《せんめつ》も容易いと仰って、突撃してしまいました。本来でしたら開戦直後に使う予定だった魔法銃も、ワイバーンゾンビが出た時まで使う必要がないと仰って」

「だから、どうしてそんなことになったと俺様は聞いているんだ！　ゴランドスまで突撃してるだろ。お前、何かしたのか？」

「本当にわからないんです。僕がやったのも、カカロアさんに戦意を高揚させるための料理を作ってほしいと言われたくらいで。どうせならと、怪我が酷くなりにくい成分とか疲れにくい成分を、薬草から抽出して、味と健康に悪影響が出ないギリギリの範囲で入れたスープを作って、皆さんに提供したのですが。それ以外はなにも」

僕がそう言うと――

「なるほどな」

「よくわかりましたわ」

「やっちゃったなぁ」

ゴルノヴァさん、マーレフィスさん、バンダナさんが、僕が気付いていない何かに気付き、納得した後、こそこそと話を始めた。

「（おい、これがクルの力なのか!?）」

「(クルは天然でやっているようですが、そのようですわね)」

「(俺たちがクルの料理を食べてもこんなことにならなかっただろ！)」

「(それは、きっとこのバンダナが裏でクルを誘導していたのでしょう)」

「(そやで。ほんま、クルの能力を二人に隠すのは苦労したわ。料理に変な効能をつかんようにするとかな)」

「(……傍から見たら、俺様たちはバカみたいだっただろうな……本格的に、俺様専属の料理人にするか)」

「(無理ですわよ。私がパーティに誘っても駄目でしたし。クルの意思は固いです)」

「(お前、抜け駆けでそんなことを……ちっ、それなら無理やりでも)」

「(もしもクルを誘拐しようものなら、あの第三王女が黙っていませんわ。それこそ指名手配程度では済みませんわよ。それより、できる限りクルを利用して、恩恵を享受《きょうじゅ》したほうがいいですわ)」

ゴルノヴァさん、マーレフィスさん、バンダナさんは、何か作戦を立てているようだ。

僕が「炎の竜牙」をクビになり、バンダナさんも追い出され、マーレフィスさんが落書き事件を起こして捕まって、ゴルノヴァさんが指名手配をされて逃走。

バラバラになってしまったパーティだけど、さっきのリザードマンたちとの戦いで三人は一致団結できたようだ。

僕が勝手に嬉しくなっていると、ゴルノヴァさんがこちらを見て頷いた。

「まあとにかく、だいたい話はわかった。この狭い谷だ。疲れ知らずの精鋭が谷を塞げば、敵が何万体攻めてきても簡単に防ぎきってしまうってことだな」

「でも、ここは谷――左右が断崖絶壁《だんがいぜっぺき》とはいえ登れない高さではありません。谷の上から回り込まれたら――」

「あぁ……その心配なんやけどな」

バンダナさんがそう言った直後、左の崖の上から狼とゴブリンが落ちてきた……が、すでに息絶えている。

切り傷があることから、落下による衝撃ではなく、崖の上で切られて死んだのだろう。

「クル、料理を食べたんは、騎士様と里の剣士だけか？」

「いえ、ユライルさんとカカロアさん。あとその仲間の皆さんも召し上がりました。料理を食べ終わると、なぜか皆さん、この崖を上ってそちらを守りに行きました」

そっか、ユライルさんたちが崖の上で戦ってくれているんだ。

「つまり、崖の上の防備も完璧というわけですわね」

マーレフィスさんはそう呟くと、砂糖のたっぷり入っているお茶を淹れるよう、僕に命じたのだった。

◇　◆　◇　◆　◇

——そうだ、最初からこうすればよかった。

私が直接操っていたため、悪魔の消滅とともに失われなかったワイバーンゾンビ十体。

それが全滅し、私の部隊は混乱に陥った。

こうなると、私のメインの力、暗示の能力も効きづらくなる。

情けない。

部隊はゴブリンやオークといった低級な魔物だけではない。精鋭を自称する魔族も配置していたのに、人間の部隊相手になんの戦果も挙げられないとは。

そう呆れかえる私に、部下が報告しにくる。

「《演出家《ディレクター》》様、大変です。崖の上に向かっていた奇襲部隊が敵部隊と遭遇し、全滅——」

「もういい」

「はっ、しかし」

「もうお前の報告は聞き飽きた。お前は地に伏し、何も言うな」

私がそう言うと、報告に来た無能な部下はひざを折り、その場に這いつくばって動かなくなった。

これはこの体になってから手に入れた能力だ。

一定の範囲内の相手の体を重くさせる。

魔力を込めれば込めるほどその範囲は広がり、距離が近ければ近いほどその重さが増していく。

長く私の周囲に居続ければ、やがて内臓が潰されて死に至るだろう。

この能力は、敵味方の区別を付けられない。ただ、魔力を持つ物の重さを何倍にもする。

区別があるとすれば、私か私以外か。

ただそれだけだ。

欠点があるとすれば、魔力を消費するため、使えば使うほど、私の魂が失われる速度が速くなる。

――だが、もうそんなことはどうでもいい。

どうせ私が死ぬのなら、すべて死んでしまえばいいのだ。

◇◆◇◆◇

谷での戦況はクルトからの通信機を通じて、私――ユーリシアのもとにも届いていた。

大幅に作戦が変更され、もはやこちらが完全優位な状況で戦線が維持されつつある。

『ユライルさんの報告によると、こちらの被害はゼロ、敵はすでに一万体以上を葬《ほうむ》ったそうで――あ、待ってください……敵軍からワイバーンゾンビが十体現れたものの、魔法銃で撃退したそうです』

「待て、クルト。魔法銃は五丁しかないはずだろ！　それでどうやってワイバーンゾンビを十体倒せるんだっ⁉」

『ええと、直線上にワイバーンが並ぶような位置に移動し、一撃で二体のワイバーンゾンビを打ち落としていったそうです。一体は翼を打ち抜かれただけでしたが、その下を守っていた騎士様たちに倒されたようですね』

クルトの報告に私はこめかみを押さえた。

一石二鳥という言葉はあるが、一撃二ワイバーンゾンビなんて言葉、聞いたことがない。

『すみません、魔法銃に魔力を込めないといけないそうなので、一度通信を終えます』

「ああ、わかった」

通信が切れた。

「とんでもないことになってるわね」

「さすがクルトちゃんというか、こんな戦争聞いたことがないわ」

ヒルデガルドもミミコも呆れている。

もう、そのまま谷で決着がつくんじゃないか？　とさえ思えてくる。

「……そういえば、リーゼはどこに行ったんだ？　こういう時、あいつが変なことを言ってややこしくなるのに」

ユーナが私に尋ねた。

言われてみれば、確かにリーゼの姿が見えない。

クルトからの通信なんだから、リーゼがいてもおかしくないのに。

ミミコもヒルデガルドも知らないという。

なら、一体どこに？

「ユーリさん、大発見ですわっ！」

噂をすればやかましい。

リーゼがアクリと一緒に外から戻ってきた。

「大発見ってどうしたんだ？」

「これを見てください！」

リーゼが広げたのは、どう見ても子供がつける涎掛《よだれか》けにしか見えない。

アクリのために買ってきたのか？

「これはクルト様が幼い頃に使っていた涎掛けです！」

……ん？

なんでそんなものがここに？

「ウラノ叔父様が覚えていてくれたのですわ！　他にもおしゃぶりやクルト様が描いたと思われるウラノ叔父様の似顔絵などいろいろとありました」

リーゼが見せてくれた絵には、わずかに成長し、私たちと同い年くらいになっているウラノ君の姿があった。現実を切り取ったのではないかと思えるくらい写実的に描かれている。

その背後には、例の無重力の部屋も描かれている。

「ウラノ叔父様の研究室が当時のまま残っていて、そこに置いてありましたの。どうやら、ウラノ叔父様、記憶は失っても私との約束を覚えていてくださったのですわ！」

「どうでもいいことを覚えていたんだな……律儀《りちぎ》というか……あと、よく中に入れたな。なんかボタンが複雑じゃなかったか？」

たしか三つの突起があって、そこを七回、順番に押さないと中に入れないはずだ。

総当たりでボタンを押すと、二千通りくらいある。

「当然、こんなこともあろうかと覚えておりました」

「脱帽だよ」

私はそう言って帽子を脱ぐかわりに、指で額を押さえた。

さっきからこめかみ、額といろいろな場所を押さえ、もう押さえる場所がなくなるんじゃないかと思う。

『ユーリシアさん、聞こえますか、ユーリシアさん！』

通信機からクルトの声が聞こえてきた。

「聞こえてる。なんだ！」

通話口に向かって私は叫ぶ。

『変な魔法で体が重くなって……みんなまだ生きていますが、このままだと――』

そこまで聞いたところで突如、通信機からクルトの声が聞こえなくなった。

とんでもないことが起こっているのは確実だ。

「私が行く！」

そう言ったのはユーナだった。その手で、いまにも飛び出そうとしていたリーゼの腕を引き留めている。

「何があったかわからないが、私なら何があっても対処できる」

ユーナはそう言って、掴んでいたリーゼを私に向かって投げた。

「任せられるか？」

「クルトを助けるので手いっぱいだろうがな」

ユーナはそう言うと、常人ならざる速度で戦場に向かって走っていった。

「ユーリさん、離してください！　私もクルト様のところに行きませんと！」

「アクリもパパをたすけにいくの」

「アクリはダメだ」

アクリがリーゼの悪影響を受けて、クルトを助けに行こうと言い出した。

そんな危険な場所に子供を連れていけるわけないだろ。

「いえ、アクリもついていきてください！」

「おい、リーゼ！　何を言ってるんだ、戦場にアクリを連れていくなんて」

「誰が戦場に行くと言いましたか？　ユーリさんもヒルデガルドさんもミミコさんも全員ついてきてください。それとオフィリア様も呼んでください。秘密兵器の出番です！」

リーゼが不敵な笑みを浮かべた。

こいつがこんな風に笑うのは、たいていろくでもないことを思いついた時だ。

◇◆◇◆◇

魔法銃に魔力を補充していた僕――クルトの体が鉄のように重くなった。

最初はかろうじて動けていたけれど、今は立っているのがやっとだ。

おそらく、この周辺一帯の重力が何かしらの要因で増し、体が重くなっているんだと思う。

この場所から急いで遠ざからないといけないいんだけれど――

「くそっ……なんなんだこれは……」

「……体が……動きません」

「あはは……クルが淹れてくれた体にいい紅茶を飲んでなかったら、内臓潰されてたで」

「笑ってる場合か……なんとかしろ、バンダナ」

「無茶言わんといて。なんもでけへんから笑うしかないねん。わかっててぇや」

僕だけでなく、敵味方を問わず、谷にいる誰もが倒れている。

――ただ一人を除いて。

まるで何事もないかのようにステッキをついて歩いてくる人影。

黒いのっぺらぼうにタキシードとシルクハットを被った、男か女かもわからない存在。

話に聞いていた《演出家《ディレクター》》だとわかった。

でも、《演出家《ディレクター》》はミミコさんによって倒されたはずなのに。

もしかしたら、倒したのは影武者だったのかもしれない。

《演出家《ディレクター》》は僕に気付いたのか、まっすぐこちらに向かってくる。

「ん？　まだ立っていられる人間がいたのか、これは驚きだ……だが、許せん。私が前にいて平伏しないとは……ん？」

《演出家《ディレクター》》は何かに気付き、立ち止まる。

「その手に持っているものは……そうか、貴様が私のワイバーンゾンビを……」

《演出家《ディレクター》》は僕が持っていた魔法銃を見て、怒りを込めて叫んだ。

もしかして、僕がワイバーンゾンビを撃ったと勘違いしているのか。

「ちが――」

「生かしてはおかん。他の這いつくばっている者は勝手に死んでいくだろうが――貴様だけは私の手で殺してやろう」

否定しようとする僕の言葉を遮って、《演出家《ディレクター》》は持っていたステッキの中から細剣を抜いた。

こんな状況じゃ、避けることも逃げることもできない。

そう思った時——突然、《演出家《ディレクター》》を炎が呑み込んだ。

「へっ、ざまぁみやがれ。身体が動けなくても炎くらい出せるぞ」

そう言うゴルノヴァさんは、地面にうつ伏せになったまま炎の剣を握っている。

「これは俺様の大手柄だな。次期族長の座は……なっ」

ゴルノヴァさんが驚き声を上げた。

《演出家《ディレクター》》が炎の中から悠々と歩いて現れたからだ。

「なるほど、魔神王から貰ったこの体、悪くないな。この程度の炎など、びくともしないか」

そう言って、《演出家《ディレクター》》は細剣をゴルノヴァさんの腕に突き刺した。

「がぁぁぁぁぁあっ！」

「いい悲鳴だ！　もっと叫べ。演出の順番を変えて、私が直々《じきじき》にお前を刺してやったのだ。光栄に思うがいい」

このままじゃゴルノヴァさんが殺される。

僕はなんとか体を動かそうとするが、しかし思うように動かない。

《演出家《ディレクター》》はさらに手の甲、そして反対の腕と手の甲を順番に突き刺していく。

「もう十分だ。お前も死ね」

その細剣がゴルノヴァさんの胸目掛けて――

「させるかぁぁぁっ！」

そう叫んで突っ込んできた誰かに、《演出家《ディレクター》》が吹き飛ばされた。

「ユーナさんっ⁉」

「クルト、待たせたな。こいつが敵か……」

ユーナさんがそう言う視線の先では、《演出家《ディレクター》》が愕然《がくぜん》としている。

「なぜだ、なぜこの場所でそれだけ動ける」

「逆だ、これだけしか動けないんだよ。ここまで来るのはこんなに一瞬だったのに。なんだ、この重さは。私の体重、一トン超えてるんじゃないか？」

ユーナさんの重量は普段は百キロ越え。

ここでは体重が六倍くらいになっているみたいだから、さすがに一トンは超えていないものの、それに近いところまで増えていると思う。

そんな状況下では、ユーナさんも当然、本来の実力を出すことができない。

「対ゴブリン用――あぁ、めんどくさい。炎をくらいやがれ！」

ユーナさんはそう言って、右手首を落とし、そこから火炎放射器による攻撃を行うが――

「効かん！」

《演出家《ディレクター》》には効かないのか、その炎を突き破ってユーナさんを攻め立てる。

ユーナさんも剣で応戦するが――

「くそっ、雪華じゃないから扱いづらい」

ユーナさんが持ってきていたのは、普通の鉄剣だった。

しかも、どうやら《演出家《ディレクター》》の力が剣にまで効いているのか、やたらと振りにくそうにしている。

本来なら十数キロの重さの剣も、百キロ近くなっているんだ。

振り下ろしの一撃の威力は上がっているだろうが、しかしその攻撃が当たらない。

そして戦いが続くにつれて、ユーナさんの動きが次第に悪くなってきた。

そうか、ゴーレムの動力である魔力の供給が追い付かないんだ。

この重力場のせいで、周囲の魔力が失われているみたいだ。

このままだとユーナさんが……！

「もう遊びは終わりだ」

《演出家《ディレクター》》がそう言った時――

「動くなっ！」

僕はそう声を上げていた。

魔法銃を構えて。

「貴様っ！」

《演出家《ディレクター》》が驚き、僕を見る。

「ユーナさんから離れろっ！」

僕はまっすぐ魔法銃を構える。

正直、腕と魔法銃の重さで、今すぐ腕を下ろしたい。

しかし、そんなことをすれば、ユーナさんが殺されるだろう。

「それを使うつもりか⁉　使えるのか⁉」

「そのままユーナさんから離れるんだ」

動揺した様子の《演出家《ディレクター》》へと、僕はそう叫んだ。

正直、ちゃんと撃てる自信はない。

これはハッタリだ。

でも、せめてユーナさんが逃げる時間だけでも稼げたら。

彼女がこの重力場から出たら、魔力の補充ができるはずだから。

「ふっ、ふふふふ」

しかし突然、《演出家《ディレクター》》が笑い出す。

「な……何がおかしい」

「声が震えているぞ……どうやら貴様もわかっているんだな。確かにその魔道具の威力は強力だが——私が避けたらどうなる？　私の動きに体がついてこられないだろう！」

そう言って《演出家《ディレクター》》は横に動いた。

いや、どれだけ動いても、一度照準を合わせたらどこまでも追尾するんだけど。

そう思った時、突然《演出家《ディレクター》》の動きが止まった。

「どうや、うちの七つ道具の一つ、ミスリル製ワイヤーの威力は。フェンリルさえ捕らえた名品やで」

バンダナさんが言った。

凄い、倒れていてもなお、罠を仕掛けることができるなんて。

「クル、今や。その魔法銃いてもうたり！」

「えっ⁉　でもっ！」

「いいから早くやれっ！」

「は、はい！」

僕はバンダナさんの声に反応し、魔法銃を《演出家《ディレクター》》に向ける。

「やめろぉぉぉぉぉぉっ！」

《演出家《ディレクター》》が声を上げる中、僕は引き金を引く。

その瞬間を擬音語で表すなら、こんな感じになる。


——ポンッ。

僕が持っていた魔法銃から飛び出したのは、小さな光の球だった。

以前、ゴブリンに対して使った時のように、無害な光の球が飛んでいく。

「は……ははははっ、やはり、私の読みは正しかった。その魔道具――魔法銃といったか、それは連続して使えない武器なのだな」

違う、魔法銃の威力がこんなことになっているのは、僕に戦いの才能がないだけなんだ。情けない。

ここまでお膳立てをしてもらって、それでも戦えないなんて。

「クルト、よくやった」

しかし、そう言ったのはユーナさんだった。

ユーナさんは僕が撃った光の球を手で掴む。

「お前も設計者なら知ってるだろ？　私のこの体は、無害な魔力を自分のエネルギーに変えることができる。お前の放った力、確かに私が受け取ったよ」

そんな彼女を、《演出家《ディレクター》》が鼻で笑う。

「ほざけ、先ほどまで死にかけていた貴様に何ができる」

「そうだな、魔力が十分ある今なら、こんなことだってできるさ」

ユーナさんはそう言うと、その視線を《演出家《ディレクター》》に向けた。

あれは――

「対ゴブ……面倒だ、目からレーザー光線！」

ユーナさんの目から放たれた対ゴブリン用破壊光線が《演出家《ディレクター》》の胸を貫いた。

「な、なんだと。私のこの最強の体が……そんな攻撃ごときに」

そう言って、《演出家《ディレクター》》はその場に倒れた。

そして同時に、これまでの重圧が一気に消えた。

「私のレーザー光線を防ぎたかったら、サングラスでも持ってくるんだね」

ユーナさんはそう言い捨てて、僕に駆け寄る。

「クルト、大丈夫か⁉　急いでここから離れるぞ。そうしたらマシになるんだろ」

「ユーナさん、僕は大丈夫ですから、先にゴルノヴァさんの治療を」

痛みと重力場の影響で意識を失っている。

あのままだと失血死の危険がある。

「あぁ、あんな奴は後回しにしたいが、そうもいかないか。一応クルトを助けてくれたみたいだしな」

ユーナさんがそう言った時、突然先ほどよりも大きな重さがのしかかってくる。

さっきまでは立っていられたのに、とうとうそれすらもできなくなった。

「なに……が……」

僕だけではない、ユーナさんも動けなくなっている。

しかし立っていられない僕とは違った。

ユーナさんが重くなりすぎて、その足が地面の中にめり込んでしまっていたのだ。

「ははは、もう私の魂をすべて捧げる。この場で死ぬがいい！　さらに、重力魔法が切れたあと、とっておきの力が貴様らを襲うぞ」

《演出家《ディレクター》》は胸を貫かれたというのに、まだ生きていた。

倒れたままだが、どこか楽しげに笑っている。

しかも彼の言うことが本当なら、自分の魂を魔力に変換し、さらに重力を増したという。

このままだと――って、あれ？

なんだか、少しずつ体が軽くなっていく気がする。

いったいこれは――

そう思っていたら、頭上から声が聞こえた。

「リーゼ、ミミコ、ヒルデガルド！　もっと魔力を注げ！　まだまだ重い！　このままだと気球が落ちる！」

「やっています！　ユーリさんこそ、もっと魔力を注いでください」

「ユーリシアは剣士だから魔力を持っていないのだろう。その分我々が補填する」

「もう、だらしないなぁ、ユーリシアちゃんは」

見上げると、そこには気球が浮かんでいて、そこからユーリシアさん、リーゼさん、ヒルデガルドちゃん、ミミコさんの声が聞こえた。

こんな重力場の中でどうやってっ⁉

気球がゆっくりと着陸した時には、だいぶ体が軽くなっていた。

やはり気球には、声の持ち主である四人が乗っている。

そして、見たことのない魔道具が一つ。

「皆さん、その魔道具は？」

「これはウラノ叔父様が作った反重力発生装置です。大きくて研究室から持ち出すことができませんでしたが、アクリに頼んで転移で出してもらいました」

「おかげでアクリはお昼寝タイムになっちまったけどな。シーナに預けているから心配するな」

「このあたり一帯に反重力を発生させて、重力を緩和させている。すべてはリーゼの思い付きだ」

リーゼさん、ユーリシアさんの説明に続いて、ヒルデガルドちゃんが面白そうに笑った。

そんな魔道具があったなんて知らなかった。

たぶん、過去に行った時に調べてきたのだろう。

驚く僕に、ミミコさんが声をかけてくる。

「クルトちゃん、大丈夫？」

「はい、僕は大丈夫です。それより、ゴルノヴァさんを――」

「そう、クルトちゃんが無事で本当によかったわ」

ゴルノヴァさんを治療してほしいんだけど。

さっきの強力な重力場で骨が折れているかもしれないし。

「その声……貴様らはっ！」

《演出家《ディレクター》》が、ユーリシアさんとミミコさんの声に反応して起き上がる。

既にその体は死に向かおうとしているのに、お構いなしに襲いかかった。

「ユーリシアさん、危ないっ！」

僕が声を上げた。

《演出家《ディレクター》》の細剣がユーリシアさんの胸を貫く。

僕は息を呑むが――

「あら、言い忘れておりましたが――そちらは幻影ですわよ」

その声とともに、リーゼさん、ミミコさん、ユーリシアさん、ヒルデガルドちゃんが僕の近くに気球とともに現れた。

そうか、さっきのは、声も姿も胡蝶による幻影だったのか。

そして魂の力さえも消費している《演出家《ディレクター》》にとっては、さっきの攻撃が本当に最後の一撃だったのだろう、彼はその場に力なく倒れた。

「これで終わりですわね」

「――まだだ、まだ終わらん！」

リーゼさんがホッとした瞬間、体がさらに軽くなった。

浮かぶ!?

そうか、《演出家《ディレクター》》が重力場を消し去ったんだ。

「ユーリシアさん、急いで反重力を消してください！」

「わかった」

ユーリシアさんがそう言って反重力装置に手をかける。

「死ねぇぇぇぇっ！」

その瞬間、《演出家《ディレクター》》が魔法で作り出した巨大な岩が、ユーリシアさんに向かって飛んでいく。

いくらユーリシアさんでも、あの巨大な岩は――

「あら、飛び道具でしたら私の方が得意ですわよ」

リーゼさんはそう言うと、いつもと違う弓を構えて矢を放った。

それは瞬《まばた》きをする暇も与えないほどの速度で飛んでいき――岩を粉砕する。

「な――たかが矢で、私の岩を砕いただと？」

「あら、矢で岩を砕くくらいよくある話ですわよ」

「そんな……よくある話が……あるわけない」

《演出家《ディレクター》》の負けはこれで決まった。

もう、彼からは魔力を全く感じない。

「さて、クルト様。ふたりで愛の共同作業です」

リーゼさんはそう言うと、僕を背後から抱きしめるように手を取り、魔法銃を《演出家《ディレクター》》に向けた。

「リーゼ様、クールダウンの時間が過ぎていないから連続で使用すると壊れるんだけど。どうせならその弓矢で攻撃してくれませんか？」

「あら、これで最後だからいいではありませんか。弓は丈夫ですが、矢をあまり貰ってこなかったのでこちらで攻撃させていただきます」

ミミコさんの言葉にリーゼさんはそう返して、僕の指とともに引き金に手をかけた。

「そうだ、《演出家《ディレクター》》。貴様に言い忘れていたことがひとつある」

突然、ヒルデガルドちゃんは何かを思い出したように、《演出家《ディレクター》》に言った。

その言葉が、果たして《演出家《ディレクター》》の耳に届いているかどうかもわからない。それでも、ヒルデガルドちゃんは構わずに話を続ける。

「ヴァルプルギスナハトで貴様の淹れた紅茶。泥のように不味かったよ」

魔法銃から放たれた光の線は、《演出家《ディレクター》》を呑み込んだのだった。

エピローグ

その日の夜。

私――ユーリシアは宴会の料理に舌鼓《したつづみ》をうっていた。

ひとまず戦争は私たちの勝利で終わった。

もちろん、敵の総大将である魔神王は倒していないので、戦いのすべてが終わったわけではない。

けれど今は、誰も死なずに勝利できたことを喜ぶべきだろう。

ただ、《演出家《ディレクター》》の重力場により、敵本陣が壊滅。その報せを受けて、ラプセラドに侵攻していた魔神王の別動隊も撤退を始めたらしい。

幸いなことに、倒れていた騎士、里の剣士、ファントム、その全員が重傷だったものの、命に別状はなかった。あと、残念なことに、ゴルノヴァも生きていた。

皆、クルトが用意していた料理や紅茶のお陰で、重力場の中でも耐えることができたそうだ。《演出家《ディレクター》》が自分の力に絶対的な自信を持っていて、動けなくなった皆にとどめをさして回らなかったことも、要因の一つである。

ユーナは……まぁ、しばらくはこのままにすることにした。

アクリは相変わらずユーナに懐こうとはしないが、クルトの命を助けたのは間違いなく彼女だ。

「私たち、本当に出番、最後までなかったね」

「本当にな。だが、次こそは」

「次がないのが一番でござるがな」

サクラの三人は戦いに参加できなかったことを悔しがっているようだが、シーナはアクリの面倒を見てくれたので、十分仕事をしてくれていると思う。

それより憐れなのは、オフィリア様の弟子のエルフ、ミシェルの方だ。

あいつはこの里に転移することができなかったが、戦争に備えてラピタル文明の遺跡の中で、ひとり、黙々と薬を作り続けていたそうだ。

しかし、今回の戦いでその薬は結局一本も使われることがなかった。

まあ、怪我人がなかった……実際は怪我をしてもクルトの料理の効果ですぐに治ったからなんだけど、とにかく喜ばしい話であるはずだが、あいつの苦労が報われなさすぎる。

「おーい、クルト！　宴会といえばあれだろ！　頼むよ！」

ジェネリクが声を上げた。

あれってなんだ？　と一瞬思ったが、すぐにそれについて思い至った。

「はい。準備してきます」

「クルト、私も手伝うよ」

「あ、ユーナさん。じゃあお願いします」

クルトがそう言って、ユーナと一緒に町のはずれに向かった。

そしてしばらくすると、夜空に大輪の花が咲き誇った。

『宴会の時は花火で夜空を彩るのって、よくある話ですよね？』

クルトがそんなことを言って私たちを驚かせたのが、遠い昔のように感じる。

あの時は、「そんなよくある話はない」なんて返したが、しかしこの平和な時間が、よくある時間になってほしい——私はそう思った。

そんな私に、ヒルデガルトが聞いてくる。

「それで、ユーリシアとリーゼロッテ。過去での成果、詳しく聞かせてもらえるか。なにも得られないまま帰ってきたわけじゃないでしょ？」

「ああ、そうだな。結構な成果を得られたと思うよ」

まず、アクリが生まれた理由がわかった。

これまで、アクリが私たち三人の子供であることが揺らいだことはなかったが、心の繋がりだけじゃなくて、血縁上（？）も本当の親子であることがわかった。

さらに、ハスト村が消滅した理由に、ポラン教会が関わっている可能性があることがわかった。

最後に、大賢者について、本人から少し話を聞くことができた。

それに今なら、あいつからも少しは話を聞くことができそうだしな。

私はそう思い、少し離れたテーブルでマーレフィスと一緒に酒を飲むバンダナを見た。

あのバンダナが、千二百年前に出会った彼女と同一人物かどうかも聞かないといけないからな。

「私も素晴らしい情報を得ました。なんと、生まれたばかりのクルト様に会うことができたのです。あぁ、生まれたばかりのクルト様、とても愛おしかったですわ」

「私、そんなこと聞いていないんだけど」

「興味ありませんか？　ヒルデガルドさんが望むのであれば、胡蝶で生まれたばかりのクルト様の幻影をお見せしようと思いましたのに」

「…………他の報告が終わってから頼むわ。別に生まれたばかりのクルトが気になるんじゃなくて、その胡蝶という武器がどこまで人物を再現できるか気になるし」

ヒルデガルドはツンデレだな。

じゃあ、得られた情報について報告しよう。

そう思った時だった。

「一大事です！」

剣聖の里の人間が通信機を持って現れた。

ただならぬ雰囲気に、会場の浮かれた空気が一点して張り詰めたものに変わる。

「ラプセラドが敵に攻め込まれました」

それは思いもしない報告だった。

「なんだとっ！　敵部隊は撤退したのではなかったのか⁉」

「通信機が繋がっています……ヒルデガルド様」

彼はそう言って、通信機をヒルデガルドに渡した。

「代わったわ」

『あぁ、ヒルデガルド様。チッチです、申し訳ありません、やられてしまいました』

通信機から、チッチの声が聞こえてきた。

「報告をお願い。今の戦況は？　敵の数は？」

『いえ、今はもう敵はいません。攻めてきた敵は一人――』

一人？

たった一人の敵が攻めてきて、戦いは終わった。

それだけ聞くと大したことがないような気がするが、それならやられたなどと言うはずがない。

『――魔神王本人です』

「魔神王が単身攻め込んできたっていうの？」

敵軍の王が単身で乗り込んでくるなんて、そんな戦い、聞いたことがない。

『魔神王は門を破り、歩いて町の中に。百人を超える兵で取り囲みましたが、魔神王の攻撃により部隊が壊滅。最終的に、死者百七十六名、重傷者五十三名、軽傷者三十三名――ソルフレア様も命に別状はありませんが、動ける状態にありません。すみません、預かっていた薬はソルフレア様よりも怪我が重く、命の危険にある者に使ってしまいました』

おそらく、例の薬とはクルトの薬のことだろう。

しかし、一人で乗り込んできたにしては、被害が多すぎる。

いったい、魔神王って何者なんだ？

「……魔神王は!?　敵はいないって、捕らえたの？　殺したの？」

『申し訳ありません。ヒルデガルド様の御父上の墓を荒らされた上、逃走を許してしまいました』

「父さんの墓を？」

父の墓を荒らされたことに対しての憤《いきどお》りより、疑問の方が先に脳裏をよぎったようだ。

ヒルデガルドが首を傾げる。

「ヒルデガルド、お前の父さんの墓には遺骨の他はなにがあるんだ？」

「いいえ、父の墓には遺骨はないの。遺言で、父さんの生まれ故郷にある、私の母さんの墓に埋めたから。ラプセラドの墓には、父の遺品である音の出ない鈴を入れていただけ」

「――っ!?　その鈴って、これかっ!?」

私はそう言って持っていたペンダント――大賢者から貰った賢者の鈴を取り出した。

ヒルデガルドは私の持っていた鈴を凝視して考え込む。

口に出さなくても、「なんとなく見覚えがあって、これに似ているような気がする」と言っているような気がした。

「その鈴、なんなの？」

「ユーリさん、その鈴って」

「――あぁ、大賢者から貰った賢者の鈴だ」

「賢者の鈴？」

私はヒルデガルドに賢者の鈴について簡単に説明した。

どうやらヒルデガルドは自分の父親が大賢者の弟子であったことを知らなかったらしい。しかも、その理由が自分の寿命を延ばすためだということも。

そのことを聞いて、「本当に自分勝手……延々と生き続ける辛さも知らないで」と呟いた。

それについてはヒルデガルドの父親だけでなく、彼に彼女の辛かった側面を語らなかった私も同罪である。

「でも、なんで魔神王がそんな物を奪ったの？」

「わからない……わからないが、しかし」

私は思った。

どうやら、平和な時間というのは長くは続いてはくれないらしい、と。

本来なら勝利を彩っていたはずの豪華絢爛《ごうかけんらん》な花火は、これから始まる騒乱を予言しているようだった。

勘違いの工房主《アトリエマイスター》
英雄パーティの元雑用係が、実は戦闘以外がSSSランクだったというよくある話
1〜2
原作 時野洋輔
漫画 古川奈春
人助けしただけなのに…
規格外の少年が世界を振り回す!?
大好評発売中!
英雄パーティの雑用係・クルトは、ある日「スライムも倒せない役立たずだから」とパーティを追い出されてしまう。測定の結果、戦闘の適性はゼロ。冒険者業は絶望的……。日銭を稼ぐため様々な仕事を手伝うが、そこで彼は採掘に料理に建築——あらゆる分野で人間業とは思えない驚異の才能を発揮する! 国の最高技術者、「工房主《アトリエマイスター》」にも匹敵するその才覚にまわりは圧倒されるが、肝心のクルト本人にはその自覚がなくて——!?
勘違いの工房主
採掘スキルでまさかのドラゴン退治!?
15万部
◎B6判 ◎各定価:748円(10%税込) Webにて好評連載中!
アルファポリス 漫画
検索

泣いて謝られても
教会には戻りません!
追放された元聖女候補ですが、同じく追放された
『剣神』さまと意気投合したので第二の人生を始めてます
婚約破棄され追放されたけど…
実は神様の
癒しの力、
持ってました!?
アルファポリス
第13回
ファンタジー小説大賞
大賞
受賞作!

ヒツキノドカ
泣いて謝られても
教会には戻りません!
婚約破棄され追放されたけど…
実は神様の
癒しの力、
持ってました!?
大賞
受賞作!

とある王国で魔導建築を学び、宮廷建築士として働いていた青年、ワーク。ところがある日、着服の濡れ衣を着せられ、抵抗むなしく追放されてしまう。相棒である妖精ブラウニーのウニとともに海を渡った彼は、未開の島に辿り着き、出会った魔獣たちと仲良くなる。その頃王国では、ワークを追放したことで様々なトラブルが起きていたのだが……ワークはそんなことなど露知らず、持ち前の魔導建築の技術で建物を作ったり、魔導重機で魔獣と戦ったりと、島ぐらしを大満喫する!

◉定価:1320円(10%税込) ISBN 978-4-434-28909-5 ◉illustration:ファルケン

この作品に対する皆様のご意見・ご感想をお待ちしております。
おハガキ・お手紙は以下の宛先にお送りください。

【宛先】
〒150-6008 東京都渋谷区恵比寿4-20-3 恵比寿ｶﾞｰﾃﾞﾝﾌﾟﾚｲｽﾀﾜｰ 8F
（株）アルファポリス　書籍感想係

メールフォームでのご意見・ご感想は右のＱＲコードから、
あるいは以下のワードで検索をかけてください。

アルファポリス　書籍の感想　検索

ご感想はこちらから

本書はWebサイト「アルファポリス」（https://www.alphapolis.co.jp/）に投稿されたものを、改題・改稿のうえ、書籍化したものです。

勘違《かんちが》いの工房主《アトリエマイスター》7
～英雄《えいゆう》パーティの元雑用係《もとざつようがかり》が、実《じつ》は戦闘《せんとう》以《い》外《がい》がＳＳＳランクだったというよくある話《はなし》～

時野洋輔（ときのようすけ）

2021年 8月31日初版発行

編集－村上達哉・宮坂剛
編集長－太田鉄平
発行者－梶本雄介
発行所－株式会社アルファポリス
〒150-6008 東京都渋谷区恵比寿4-20-3 恵比寿ｶﾞｰﾃﾞﾝﾌﾟﾚｲｽﾀﾜｰ8F
TEL 03-6277-1601（営業）　03-6277-1602（編集）
URL https://www.alphapolis.co.jp/
発売元－株式会社星雲社（共同出版社・流通責任出版社）
〒112-0005 東京都文京区水道1-3-30
TEL 03-3868-3275
装丁・本文イラスト－ゾウノセ（http://zounose.jugem.jp/）
装丁デザイン－AFTERGLOW
印刷－図書印刷株式会社

価格はカバーに表示されてあります。
落丁乱丁の場合はアルファポリスまでご連絡ください。
送料は小社負担でお取り替えします。

ISBN978-4-434-29271-2 C0093